わたくしのことが大嫌いな義弟が護衛騎士になりました3

実は溺愛されていたって本当なの!?

夕日

24064

角川ビーンズ文庫

CONTENTS

CHARACTERS
ナイジェル・ガザード
ウィレミナの義弟
ウィレミナ・ガザード
ガザード公爵家令嬢

マッケンジー

王宮近衛騎士団の団長

ガザード公爵

ウィレミナの父

リューク・ベーヴェルシュタム

エルネスタの護衛騎士

エルネスタ

ルンドグレーン王国の第二王女

テランス・メイエ

メイエ侯爵家令息。ウィレミナの婚約者候補

わたくしのことが大嫌いな義弟が護衛騎士になりました

実は溺愛されていたって本当なの⁉

本文イラスト／眠介

第一章　わたくしと義弟に与えられた課題

　ガザード公爵家の領地で夏休暇の大半を過ごしたのちに、わたくしとナイジェルは領地から学園への帰途に就いた。夏休暇の残りは一週間ほど。寮について少しの間のんびりとしたら、休暇は終わりとなり新学期がはじまるのだ。

　冬にも休暇はあるけれどそれは短い一週間程度のものなので、来年の夏の長期休暇まで領地には帰れない。そう考えると、少し寂しい気持ちになってしまう。そんな里心がつくほど、領地に馴染んでしまったのね。

「……いろいろなことが、あったわね」

　誰にも聞こえない程度の小さな声でつぶやきながら、馬車の窓から流れる景色を眺める。

　領地では本当にいろいろなことがあった。領地のために知恵を絞ったり、婚約者候補だったアルセニオ様の、公爵家の領地を害する企みを阻止したり。……義弟であるナイジェルと、こ……恋仲になってしまったり。

『恋仲』という言葉を思い浮かべたとたんに面映ゆい気持ちになり、頬が自然と熱くなる。これが夏の気温のせいではないことは、ちゃんとわかっているわ。わたくしがナイジェルに恋をしているから、こうなってしまうのだ。

頰の熱を冷ましたくて、手で顔に風を送りながら目の前の景色に意識を向ける。窓の外には牧歌的な農村の景色が広がっており、整然と並んだ畝には緑の植物が植えられていた。あれはなんの野菜だろう。なにか実がなっているように見えるけれど……。旬で言えば、ズッキーニかしら。それとも、まだ青いトマト？　野菜には詳しくないし、遠目からだとよくわからない。そんなことを考えながら景色を眺めていると、肩にとんと誰かがぶつかる感触がした。

「姉様。なにを見ているのですか？」

そして、間近で美しい声が響く。幼い頃は天使の鳴らす鈴のように愛らしかったその声は、今ではすっかり低い男性のものだ。そんな声で耳元で囁かれると、心臓が跳ねてしまうので困る。

ちらりと声の方を見ればわたくしに寄り添うようにしながら、義弟……ナイジェル・ガザードが窓の外を覗いていた。あまりに間近にある義弟の美貌に、せっかく引きそうだった頰の熱がまた戻ってくる。

陽の光に照らされた銀髪は美しく煌めき、夏の炎天下に晒され続けていたはずの肌は相変わらず雪のように白い。わたくしはしっかりと日に焼けているのに、本当に不公平よね。髪と同じく銀色をしたまつ毛は長く、青の瞳は見ていて吸い込まれそうになるくらいに綺麗だ。彫りの深い整った横顔は、月の女神のような静謐な美しさを湛えている。女神になんて喩えたら男らしく見られたいらしいこの義弟は怒りそうだけれど、それくらい彼は美しいのだ。

昔は『血が繋がっているのに、義弟とどうしてこんなに差があるのよ』なんて思っていたけれど……。実際は血が繋がっていなかったのだから、似ていなくて当然だったのよね。

ナイジェルは……王弟殿下の遺児なのだから。

「姉様？」

ついついナイジェルに見惚れていて、言葉を発するのを忘れていたようだ。怪訝な様子で声をかけられてしまう。

「あ、あれはなんの野菜かしらと思って見ていただけよ」

わたくしは慌てて、ナイジェルの質問への返事をした。

「なるほど。……あいにく、私は野菜に詳しくないのですよね」

「それはそうでしょう。お前もわたくしも、野菜のことは習っていないもの」

窓の外に目を凝らしながら真剣な様子で言う義弟を見ているとおかしくなって、ついくすりと笑ってしまう。するとナイジェルはこちらに視線をやり、ふっと浅紅色の唇を綻ばせた。

「ナイジェル。どうしたの？」

「いえ。姉様が笑っているのが嬉しくて」

「まぁ。わたくし、いつだって笑っているわよ？」

……これは、少しだけ嘘かもしれない。

三大公爵家の令嬢という立場ゆえに、わたくしは取り澄ました表情を作っていることが多い。いつでも笑っているかというと、そんなことは決してないのだ。だけど……この義弟の前では笑ってばかりのような気がするわね。

「ふふ、そうですね」

ナイジェルはそう言って、柔らかな表情でこちらを見つめた。その表情や視線にこもったたしかな愛情に、くすぐったい気持ちにさせられる。

「……婚約の許可を、早くいただきたいな」

ナイジェルが、ふとそう漏らす。

……『婚約』。彼の口から出たその言葉を聞いて、わたくしはどきりとした。それは、わたくしたちの新しい関係のはじまりを示す言葉だからだ。

学園の寮に戻り旅の疲れを取るために数日のんびりと過ごしたあと、わたくしたちは王都にあるガザード公爵家の街屋敷に向かう予定になっている。それは、お父様に婚約の許可をもらうためだ。

……お父様の婚約の許可は、いただけると思うのよね。

彼の血筋は申し分ないどころかそれ以上のものだし、体面を保つための家名が必要であれば他家の養子になればいい。ガザード公爵家と縁を繋ぎたい家からの、数多の申し出があるはずだ。

世間に広がっている『わたくしとナイジェルの血が繋がっている』という『誤解』に関しては、お父様が下準備を進めているためすぐに払拭できるだろう。

王家とガザード公爵家の繋がりが深まりすぎることを危惧する他家からの反対もあるかもしれないけれど、それを説き伏せるための努力も厭わないつもりだ。特に『婚約者候補』の方々の家からの反発は強いかもしれないわね。誠意を持って今までのお礼と謝罪を言いに行くしかないわ。補償に関しては、わたくしが女公爵になってからという気の長い話になってしまうとは思うけれど……。これに関してはお父様と相談の上で、交渉をしなければ。

「きっと、許可はいただけるわ」

「そうですね。姉様を婚約者と言えるようになるのが楽しみです」

「そうね、わたくしもよ」

わたくしの言葉を聞いて、ナイジェルが嬉しそうに笑う。その笑顔を目にしたわたくしの口元にも、笑みが浮かんだ。

わたくしたちは、愚かで幸せなことに信じきっていた。

この婚約の申し出がすぐに認められて……わたくしたちは婚約者同士になれるのだと。

しかしことは、そう上手くは運ばなかったのだ。

学園の寮へと戻り、旅の疲れを取るために数日ゆっくりと過ごしたあと。わたくしたちは、ガザード公爵家の屋敷へと向かった。

話があることと来訪の時間は前もって伝えていたため、お父様は執務室の応接セットにたくさんの茶菓子を並べて迎えてくれた。わたくしが好きなお菓子ばかりね。中には、わたくしが小さい頃に好んで食べていたものもある。お父様にとってわたくしはいつまでも子どもなのだと思うと、拗ねたくなるようなくすぐったくて嬉しいような……そんな複雑な気持ちになった。

お父様はわたくしとナイジェルを長椅子に座らせると、いそいそとした様子で手ずからお茶を淹れる。そして、わたくしたちの前に上品な仕草で湯気を立てる茶器を置いた。

「ありがとう、お父様。公爵家の当主直々のおもてなしなんて贅沢ね」

わたくしがそう言うと、お父様は嬉しそうに笑った。

「私の一番大切な人だからね。もてなして当然だ」

淹れてもらった紅茶を口にすると少しだけ渋くて、だけどお父様の愛情のおかげかとても美味しく感じる。

……家族は、いいわね。

ほうと息を吐きながら、わたくしはそんなことを改めて思った。

「ウィレミナ、会えて嬉しいよ」

お父様はそう言うと、緩みっぱなしのお顔をさらに緩ませる。政務の時にはもっとぴしりとした様子だと聞くけれど……このお顔を見ていると、信じられないわね。

「お父様、それはもう今日お会いしてから十回は聞いたわ。それに、先日領地でも会ったばかりよ？」

わたくしだってお父様に会えて嬉しい。けれどお父様の感激のお言葉は遮らないといつまでも尽きず、これでは会話が進まないのだ。

「ウィレミナには、何度会えても嬉しいんだ。私の大切で可愛い娘だからね」

お父様は笑顔で、本日発した『嬉しい』の回数の記録をさらに更新した。

わたくしの隣では、ナイジェルが緊張した面持ちで紅茶を口にしている。緊張を少しでも解きたくてカップを持っていない方の彼の手を握れば、ナイジェルはこちらに目をやり嬉しそうに微笑んだ。わたくしも彼に、笑みを向ける。そんなわたくしたちのやり取りを目にして、お父様は目を丸くした。

「……ふむ。なんの用事かの想像はついたけれど、一応は訊いておこうか。今日はどういう用事でここに来たのかな？」

わたくしたちの『関係』が変化したことに気づいたらしいお父様が、複雑そうな顔でそう促す。わたくしとナイジェルは頷き合い、お父様へと向き合った。

「姉様との婚約の許可をいただきに参りました。姉様……いえ。ウィレミナ嬢のお気持ちは、もう確かめています」

ナイジェルは前を向ききっぱりとそう言ってから、わたくしの手を強く握る。お父様の前で『ウィレミナ』と呼ばれることのむず痒さに、わたくしは頬を火照らせた。

「それは本当かな？　ウィレミナ」

お父様がどこか複雑そうな表情でこちらに視線を向け、問いかける。わたくしはその質問に、こくりと頷いてみせた。

「本当よ。わたくし……ナイジェルを将来の伴侶にしたいと思っているの。わたくしがこの家を継ぐとして、その時隣にいるのはナイジェルがいいと。そう思っているわ」

わたくしの言葉にお父様は目を瞠る。そして無言になり、少し顔を俯かせて考える様子となった。その口からは「ウィレミナが……取られた。やっぱりショックだなぁ」などというつぶやきが漏れている。お父様、丸聞こえですわよ。

「私は以前自らの価値を、公爵に示しました。そして、姉様のお気持ちも手に入れた。以前公爵が提示した条件はすべて乗り越えたと思うのですが」

ナイジェルが言葉をさらに重ねる。お父様に鋭い視線が向けられ、それが逸らされることはない。そんなナイジェルにわたくしと同じ黒の瞳を向けて、お父様はにこりと笑みを浮かべた。

その笑みは柔和で優しげなものなのに……奥の方に含みがある嫌な予感を覚えるものだった。

「うん、そうだね。約束の通りに、君たちの婚約を許可しよう」

嫌な予感は空振りだったのだろうか。お父様は実に、あっさりとそう告げる。

「ナイジェル……！」

「姉様！」

わたくしたちは歓喜の声を上げ、手と手を取り合いながら喜びの声を上げた。けれど、次の瞬間。

「『私は』……許可を出すよ」

お父様から、そんな意味深な言葉が重ねられたのだ。それを聞いて、わたくしとナイジェルは眉を顰める。そしてお父様に視線を戻した。

お父様は焦らすようにゆっくりと足を組んでから、わたくしたちを見つめる。さらに少しの間を置いてから、ふたたび口を開いた。

「ねぇ、ウィレミナ、ナイジェル。君たちが婚約するためには、ほかにも承認が必要なお方がいると思うんだ。それが誰だかわかるだろう？」

「あ……」

お父様の言葉に、わたくしはハッとした。

ナイジェルは王弟殿下の忘れ形見であり、この国の『第三王位継承者』だ。お父様の一存のみで、彼の将来を決めることはできない。少し考えれば、それはすぐにわかることなのだ。なんて間抜けなの。

「……国王陛下の、承認が必要なのですね」

わたくしの言葉に、お父様はにこやかな表情で頷いた。

「国王陛下……伯父上の」

ナイジェルはぽつりとつぶやいたあとに、お父様を強い視線で睨みつける。わたくしであれば怯んでしまうだろうその鋭い目つきにも、お父様は一切の動揺を見せなかった。我が父ながら、さすがの狸ぶりだわ。

「そのことがわかっていて、今まで黙っていましたね」

恨めしげな声音でのナイジェルの言葉を聞いて、お父様は目を細める。

「殿下。ご自分の身がまだ自由になるものではないことは、じゅうぶんに理解されていると……そう思っていましたが」

お父様がそう告げると、ナイジェルは言葉に詰まった。

これは……お父様の言う通りなのよね。

子どもが生まれ、無事に育つのは奇跡のようなものだ。まだ一歳にも満たない双子の王子殿下たちがお二方ともにこれから流行り病などで命を落とす可能性は、まだまだ高い。

陛下だってそれを想定しているでしょうから……。ナイジェルのことは手駒として容易に使える『今』の状態のままで手元に置いていたいでしょうね。

王家に次ぐ権勢を誇るガザード公爵家の『内側』にナイジェルを本当の意味で入れてしまえば、都合のいい手駒としては使いづらくなる。

――だから陛下は、この婚約に反対するだろう。確実に。

そのことに思い至らなかったなんて、わたくしもずいぶんと浮かれていたようね。

殿下たちが大きくなり立太子が決まってからなら、簡単に婚約の許可が下りるのでしょうけれど。その場合わたくしたちはいくつになってしまうのかしら。

そう考え、わたくしは遠い目になった。

「よい方法があります。姉様と私が早々に婚姻し子沢山の家庭を築き、王家の血筋の男子を増やせば未来の王家も安泰なのでは――」

「ナイジェル！」

ナイジェルがとんでもないことを言うので、わたくしは顔を赤らめながら声を荒らげてしまう。こ、こ、こ、子沢山なんて！　そんなことを急に言われても、困ってしまうわ！　嫌ではないのだけれど、それはもっと未来の話であってほしいわ！

「それを実行に移すにしても、陛下の許可は必要ですね」

お父様はナイジェルの言葉をさらりと躱すと、肩を軽く竦めた。

「……試練ばかりを与えて、私をどうしたいのですか。情勢が変われば自由な生活を送っていいというのはなんだったのです。自身の価値を提示すれば姉様との婚約を認めるという言葉は、嘘だったのですか？」

ナイジェルが苦悩の滲む表情で口早に言ってから、がくりと肩を落とす。慰めたくなり大きな背中を撫でれば、ナイジェルは力ない笑顔をこちらに向けた。

「ナイジェル様。たしかにはじめてお会いした時、『情勢が変われば自由な人生を送っていい』と私は申しました。しかし、望んでも無理なことがあるとも申し上げたはずです。それに、嘘つきとは心外ですね。『私は』ちゃんと婚約の許可をいたしましたよ？」

くっくっとお父様は喉を鳴らして笑う。これはいつもの優しいお父様ではなくて……完全にご公務の時のお顔ね。王宮で『狸』だの『食わせ者』だのと言われる、ガザード公爵家当主のお顔だ。

「お父様……意地悪なお顔ね。お外向きのお顔は、家ではしまっていていてほしいわ」

ついそんな感想を漏らすと、お父様は衝撃を受けた顔になる。そしてこほんと咳払いをしてから、取り繕うように柔和な笑みを顔に貼りつけた。

「とにかく。陛下との対面の場は整えてあげるから、二人とも頑張るといい」

お父様は『父親』の口調に戻ると、わたくしたちの顔を交互に見た。

「ウィレミナ、ナイジェル。これは君たち次第で乗り越えられる試練のはずだ。陛下を説得……もしくは交渉をし、婚約の許可をもぎ取りなさい。あとはそれだけで、君たちは婚約者となれるんだ」

挑戦的な瞳でまっすぐにこちらを見つめて、お父様が言う。

『それだけ』なんて簡単におっしゃるわね。お父様にとっては……『簡単』なことなのかもしれないけれど。

……説得、交渉。

その材料を、わたくしたちはちゃんと見つけられるかしら。

いいえ、見つけなければならないのよね。

ナイジェルと……一緒にいる未来を生きるために。

「……困ったことになったわね」

学園の寮へと戻ったわたくしは、深い深いため息をついた。

国王陛下は、これから長期の外交の予定がある。その外交から戻り次第の対面となるので、陛下とお会いできるのは一ヶ月ほど先になるだろうとお父様はおっしゃっていた。

現状では陛下との『交渉』に使えるような、強力なカードがこちらにはない。そして、対面までの一ヶ月で……それが手に入るとは思えないのだ。

この場合の『交渉』に使えるものなんて、『新しい王家の血筋の男子』を見つけてくる以外にあり得ない。現王妃陛下に夢中な国王陛下がどこかの令嬢に手を付けたなんて話はまったく聞かず、駆け落ちをするほどに愛してしまった男爵令嬢に一途だったナイジェルの父……王弟殿下も同じくである。だから『隠し子』なんてものが、今さら見つかるとは思えない。王家の血を濃く引くわたくしのお父様に関しても、同じくだ。再婚話どころか、浮いた話のひとつもない。皆様案外一途なのよね。

ひとまずは『説得』の方向で、どのように話を進めるのか考えないとならないわね。

場合によっては数年をかけた長期戦も覚悟しないと……いえ、それはダメね。ナイジェルとの婚約を認めてもらい、早くそれを公にしないと。わたくしの婚約者候補になっていただいてる方々をさらに留め置くことになり、多大なご迷惑をかけることになる。短期戦で決着を付けて、早くけじめをつけないと。

テランス様のお顔が、ふと脳裏に浮かぶ。

気持ちを伝えてくださった彼にも……きちんと誠意のある対応をしなければならないわね。

「姉様。乗り越えましょう、二人で」

長椅子に座るわたくしの隣に腰を下ろしてからナイジェルが言い、微笑みながらわたくしの手を握る。彼の美しい青の瞳を見つめながら、わたくしも微笑み返した。

「そうね。乗り越えて……お前との婚約を勝ち取らないといけないものね」

ナイジェルとともにいると、もう決めたのだ。その未来に向けての戦いから、逃げたりなんてしないわ。早く彼のことを『婚約者』なのだと言えるようになりたい。

「姉様……」

ナイジェルは嬉しそうに口元を綻ばせ、こちらに顔を近づけてくる。待って、これはもしかしなくても……！

「ダ、ダメ！」

叫びながら自身の唇を手で覆うと、手の甲にナイジェルの唇が触れる。その柔らかな感触に心臓がどくりと跳ね、頬がどんどん熱くなっていった。

「……どうして、ダメなのです？」

真っ赤になっているだろうわたくしを見つめながら、ナイジェルが愛らしく首を傾げる。そんな可愛らしい仕草は、幼い頃から変わらない。

「まだ婚約が確定していないのだから、こういうことをするのはダメ」

「ですが、先日の祭りでは口づけをしましたよね？」

「そ、それはそれよ！」

領内の祭りでした口づけの記憶が蘇り、わたくしは動揺してしまう。ちらりとナイジェルを見れば綺麗な形の唇が目に入り、あの時の感情の昂りが思い出されて胸の奥がぎゅうと締めつけられた。ああもう、恋心というものは厄介ね！

「姉様。私たちは両想いですよね？」

ナイジェルはこちらに手を伸ばすと、わたくしの唇を親指で撫でた。指先は唇を少し割り込み、かちりと爪が前歯に触れる。わたくしは少し身を引くと、指の不埒な動きから逃れた。

「そうね、両想いよ。だけど、節度というものがあるでしょう？」

「必ず、貴女を手に入れます。決して放すようなことはしません。それでもダメですか？」

ナイジェルはそう言いながら、悲しそうに眉尻を下げる。この捨て犬のような表情に、わたくしは昔から弱いのだ。

「額や頬ならいいわ。……それなら、家族でもするもの」

しばらくの沈黙のあとに、わたくしはそんな言葉を口にしていた。

『義弟』だった頃から、彼の『お願い』には弱かったわたくしである。恋人になり、さらに懐の深くに入れてしまったこれからは……。もっともっと、弱くなってしまうのではないかしら。それはとっても、まずい気がするわ。

「では姉様に、親愛のキスを捧げましょう」

ナイジェルは端麗な美貌に蕩けるような笑みを浮かべてから、わたくしの額に顔を近づけた。まずひとつ、額に唇が落ちてくる。唇はしばらくの間額に留まってから、名残惜しげな様子で離れていく。そして今度は、頬へのキスがやってきた。それは両頬に何度も繰り返され、キスをされるたびに心臓が痛いくらいに跳ねさせられる。

「ナ、ナイジェル。回数がなんだか多いわ……！」

「そんなことはありませんよ」

「そんなことあるわ！　ひゃんっ！」

唇がまた肌に触れ、そのくすぐったさにわたくしは情けない声を上げてしまう。そ、そこは頬じゃなくて耳なのではないかしら！　耳を手で押さえて恨みがましい目を向ければ、にこりと笑みを返された。

「真っ赤になっていて、可愛らしかったもので、つい」

ナイジェルはそう言うと、愛おしいという目でこちらを見つめる。わたくしは彼に恋をしているのだ。唇にではないとはいえたくさんキスをされ、そんな目まで向けられると非常に心臓に悪いのよ！

「つい、じゃないわ！　そこは親愛じゃない……と思うもの！」

頰を膨らませながら逞しい体を手で押しのければ、ナイジェルは少し不満そうにしながらも離れてくれる。

わたくしは乱れていた呼吸を、何度も深呼吸をして整えた。

そして……真剣に考えていたことを口にした。

「……お前の部屋は、学園の騎士寮に移さないとダメね」

「……なぜですか」

するとナイジェルの大きな瞳が、満月のように丸くなる。

ナイジェルの部屋を騎士寮に移すことは、過去にも考え提案したことがある。しかしその時は、わたくしが折れることになった。だけど今は……昔とは状況が違うのだ。

「恋仲の人と……婚約前に距離が近すぎるのはまずいでしょう？」

そう……今のわたくしとナイジェルは恋仲だ。だからこそ、振る舞いには今までよりも気をつけないとならない。

婚約前から『不適切』な関係だなどと思われてしまえば、のちのち不利益を被るような噂を流されることになりかねないのだから。生き馬の目を抜くような貴族社会では、いつでも誰かが足を引っ張ろうとその機会を狙っているのだ。

「ですが、私は姉様の護衛です。お側にいないと貴女の御身を守れません」

ナイジェルが必死な様子で言い募る。その様子を見て、ちくりと心が痛んだ。

「朝から夕方までの時間は、いつもの通りに一緒にいられるわ。それに、寮にもたくさんの護衛が配備されていることは知っているでしょう？」

手を伸ばして、ナイジェルの頬を優しく撫でる。すると彼は縋るような視線をこちらに向けた。

「知って、おりますが」

口を開き、しかし口を閉じて言葉を呑み込み。彼は少し俯いてしまう。先ほどまであった甘い空気はどこかへと吹き飛び、部屋には沈黙が落ちる。物理的な重みなどないはずのその沈黙の重さに、わたくしは押し潰されてしまいそうな錯覚を覚えた。

「姉様は私とともにいる時間は……大事ではないのですか？」

ナイジェルはしばらくしてから、苦しげな声で絞り出すようにそう言った。

「だ、大事よ。とても大事。……だけど」

「わかりました」

ナイジェルは顔を上げ、明るい口調でそう言った。そしてどこか作り物のような笑顔を、わたくしに向ける。

「ナイ――」

「居室は移しましょう。それでいいですね？」

「え、ええ」

名を呼ぼうとすれば遮るように言われ、わたくしはこくりと頷いた。

「移動は早い方がいいですよね。今日中に、荷物は運び出してしまいましょう。ロバートソンの手をお借りしても？」

ロバートソンは公爵家から連れてきている使用人のひとりだ。ナイジェルも公爵家の身内なので、彼の手を貸すことにはなんの問題もない。

「ええ、構わないわ」

「では、荷造りの準備をはじめますので。失礼いたしますね、姉様」

ナイジェルはそう言うと、身を翻して自室へと向かう。

義弟の説得には、もっと時間がかかると思っていた。何日かかけて、ゆっくりと言い聞かせて。納得をしてもらおうと……そう思っていたのだけれど。

「……ずいぶんと、聞き分けがよいのね」

それはよいことのはずなのに。どうしてこんな、寂しい気持ちになるのだろう。もっと駄々をこねるくらいにナイジェルに執着をされていると……わたくしはそんな浅ましい思い上がりを持っていたのかしら。

自分の思い上がりが情けなくてため息をつくと、その音は一人の部屋に嫌に大きく響いた。

自身の部屋に入り扉を閉めてから、私は小さく息を吐いた。

──本音を言えば、姉様と離れたくない。部屋の移動なんてしたくはなかった。いつだって、私は彼女に寄り添っていたいのだ。

しかし子どものような駄々をこねて、また『弟』だと思われるのは嫌だった。姉様の言うことは、まったくの正論なのだから。

──ずいぶんと、殺風景な部屋だ。

顔を上げて自室を眺めながら、私はそんなことを思った。

私の部屋には最低限の生活必需品しかない。常にウィレミナ姉様のことばかりを考えていて趣味のひとつもないのだということを自覚し、私は口元に自嘲気味な笑みを浮かべた。

つまらない男は、姉様に嫌われてしまうだろうか。楽しいと思える、趣味くらいは見つけた方がいいのかもしれないな。

とにかく。これならロバートソンの手を借りるまでもなく、荷物を運び出せそうだ。

『お前はひたすらに押しすぎなんだよ。もうちょっと女心を理解しろ』

過去にマッケンジー卿に、そんなことを言われた覚えがある。その時は『なにを言っているんだ、押さなければはじまらないだろう』と正直思っていたのだが……。

「……そういえば」

騎士学校で知り合った恋多き男も『女性の心を摑むためには、適切なタイミングでの押しや引きが大事なんだよ』などというようなことを言っていたなと、そんなこともついでに思い出す。

しかし、そのような駆け引きが……私は苦手だ。ただ情動のままに姉様を追い、跪いてその愛を乞いたくなってしまう。

姉様は驚くほどに自分に向けられる好意に鈍いので、以前までは『それくらいでもちょうどよい』という事情もあったのだが。

両想いになったのだから、もうそればかりでは……ダメなのだろうな。引くところではきちんと引いて、私が大人の男なのだと意識してもらわねば。

姉様がもっと私のことを考えるようになればいいのに。そして、私のことで胸を焦がしてくださればいいのに。

そんなことを思いながら、荷物を次々と鞄に詰めていく。

荷物の整理はあっという間に終わってしまい、次は学園での事務的な手続きをしなければと考える。騎士寮の部屋が余っているということは、学園の警備についている騎士たちとの雑談の中で聞いていた。だから、寮への移動はすんなりといくだろう。

そう思いつつ部屋を出ると、なぜだか扉の前にいた姉様と鉢合わせした。

「ナイジェル。なにかお手伝いをすることはあるかしら？」

姉様はこちらを見上げながら、そう言って首を傾げる。そんな姉様の愛らしい仕草を見て、そのお体を抱きしめたい衝動が胸に込み上げた。私はぐっとそれを堪えて、にこりと笑みを作って見せる。

「いいえ、大丈夫です。荷物の整理はもう終わりましたので」

「……そう」

「姉様の、そのお気持ちがとても嬉しいです」

「…………そう」

姉様は、なぜだか浮かない顔だ。その様子を見て、私は首を傾げた。

「姉様、どうかされたのですか？」

声をかけながら手を伸ばして白く滑らかな頬を撫でると、姉様は泣きそうな顔で口元をぎゅっと引き結んだ。

「ナイジェル、怒っていない？」

小さな声での問いかけが、姉様の唇から零れる。それを耳にした私は首を傾げた。

「怒る？　なぜそんなことを」

「先ほど、少し怒っていたように思えたから。その、急なことを言ったせいかしら」

怒ったつもりは、まったくなかったのだが。自分の欲求を抑えるのに必死で多少素っ気ない態度になったかもしれないと、私は内省した。

「怒ってなんかいません。誤解をさせたのでしたら、申し訳ありません」

「そう……怒っていないのならよかったわ」

私の言葉を聞くと、姉様はほっとした顔になった。

「姉様と離れるのが嫌で、自分の気持ちを抑えるのに必死で。怒っているように見えたのかもしれませんね」

「も、もう。なにを言っているのよ！」

姉様は白い頬を赤く染めながら、怒ったように言う。これは、照れているのだろうな。

頬を赤らめながら恥ずかしそうにしている姉様を見ていると、自然に口元が緩んでしまう。

「……」

恥ずかしそうにしていたのも束の間。姉様は表情を曇らせ、沈黙してしまう。

「姉様？　どうされました？」

「なんでもないわ。……自分から騎士寮にと言い出したくせに寂しいなんて、そんなワガママなことを思ってしまっただけ」

そして、ぽつりとそう漏らしてから顔を俯ける。

「――ッ！」

姉様の口から零れたお可愛らしすぎる言葉に、心臓に激しい衝撃が走った。胸が痛いくらいに高鳴り、心臓が壊れてしまいそうなくらいの激しい鼓動を刻みはじめる。

その場にうずくまりそうになるのを堪えながら、姉様の小さなおとがいに指をかける。そして、その愛らしいお顔をこちらに向かせた。

お顔を上げた姉様は……心細そうなお顔をしていた。眉尻は思い切り下がり、大きな黒の瞳は少しだけ潤んでいる。

——私と離れるのが嫌だから、こんなお顔をしていらっしゃるのか？　姉様が？　本当に？

そんな歪な喜びが胸に満ち、私はそれを振り払うように首を少し横に振った。姉様の悲しそうなお顔で、喜んでいいはずがない。

姉様に向けていただきたいのは、笑顔ただひとつだ。

姉様の両頰を手で包み、そっと顔を近づける。姉様は抵抗することなく……私の額への口づけを受け入れた。

「姉様、夜の少しの時間離れるだけです」

そう囁きながら彼女の艶やかな黒髪に触れ、優しく梳る。

「そう……そうよね」

「呼んでくだされば、いつでも馳せ参じますので」

「……本当に？」

「ええ、本当です。姉様のお側が、私の唯一の場所なのですから」

ゆっくりと言葉を重ねていくと、姉様の表情が緩んでいく。そして、可憐な花のような笑みが浮かんだ。

やっぱり寂しそうなお顔よりも……笑顔の方がいいな。

「ワガママばかりで、ごめんなさい」

「ふふ。ワガママだなんて思っていませんよ」

「もう！　お前はわたくしに甘すぎるのよ」

姉様はそう言って、少し頬を膨らませる。ああ、本当にお可愛らしいな。

「姉様、愛しています」

愛の言葉を告げると、姉様のお顔が真っ赤になる。彼女はしばらく、口をぱくぱくさせてから……。

「わたくしもよ、ナイジェル。貴方を愛しているの」

と、蚊の鳴くような声でそう言ったのだった。

……やはり、離れたくないな。

そんな本音が口からまろび出そうになる。それをぐっと堪えて、私は姉様に微笑んでみせた。

「ウィレミナ嬢、休みの間の話を聞かせなさい！」

元気な声でそう言いながら、寮の部屋を訪ねてきたのはエルネスタ王女殿下だ。殿下はこの国の第二王女で……ナイジェルにとっては従姉妹である。ナイジェルと殿下はいつも気安く言い合いをしており、それを見るとわたくしは少しだけ羨ましくなるのだ。そういう姿がとても仲がいいように見えるから。二人は『仲がよくなんてないです！』とすぐに否定するけれど。

今日も殿下は美しく、長い黒髪を靡かせながらその赤の瞳を好奇心で輝かせている。本当に、生気に満ちたお方よね。

殿下はいつもの通りに、自身の護衛騎士であるリュークを従えているのだけれど……。リュークは今日も殿下に振り回されたあとらしく、どことなく覇気のない疲れた表情をしていた。緑の瞳はどこか遠くに向いており、目の下の隈はとても濃い。その様子を見ていると『今日もお疲れ様』という気持ちが、心の底から湧いた。

「殿下、こちらにどうぞ。今お茶の準備をいたしますね」

殿下に長椅子に座っていただいてからわたくしも向かいに腰を下ろし、ベルを鳴らして公爵家から連れてきている二人の使用人のうちの一人……エイリンを呼ぶ。そして、ささやかなお茶会の準備を整えてもらった。

「あら……？」

エルネスタ殿下はなにか違和感を覚えたように周囲を見回し、大きな目を丸くしながら首を傾げる。

「ねぇ、ウィレミナ嬢。あの姉べったりはいないの？」

そして、不思議そうな顔をこちらに向けてそう言った。

「えっと。彼はこちらから騎士寮の方に昨日居室を移したので……今はあちらで荷物の整理をしておりまして」

そう。ナイジェルは今は騎士寮の方にいる。彼の荷物はそう多くはないので、整理を終えてすぐに戻ってくるとは思うのだけれど……。

「あの姉べったりが、ウィレミナ嬢と離れたですって!?」

殿下は驚きからか、素っ頓狂な声を上げた。そして長椅子から立ち上がるとこちらにやって来て、美しい唇をわたくしの耳に近づける。

「ねぇ、ウィレミナ嬢。どういう事情でそうなったのか、訊いてもよくて？　話に邪魔なら、リュークには外にいてもらうわ」

そんなふうにそっと耳打ちをされ、わたくしは思案した。部屋の移動に関する話をするとなれば……ナイジェルと恋仲になったことから話さなければならない。けれどナイジェルとわたくしが恋仲になったことは、陛下からの許可が出るまで世間には伏せられることになるわけで。それを、事情を知らないほかの人間に聞かれるわけにはいかない。

「その。では人払いを……」

『人払い』の『ば』あたりまでわたくしが言い終えたところで、エルネスタ殿下がリュークに命令する。

「リューク！　女同士の内緒の話があるから、しばらくどこかで休憩していなさい！」

「休憩ですか！　わかりました！」

リュークは『休憩』という言葉を聞いてぱっと表情を輝かせると、綺麗な一礼をしてからそそくさと機敏な動きで部屋から出ていった。あんなに生き生きとしたリュークは、はじめて見た気がするわ。

「あの男……あっさりと主人を置いていって」

そんなリュークの様子を見たエルネスタ殿下は、なぜだかとても不機嫌そうだ。わたくしもエイリンに「しばらく人払いを」と退室を促した。

そして……。夏休暇の間にあったこと、わたくしたちが婚約するには国王陛下の許可が必要だとお父様に言われたこと、関係性が変わったことへのけじめとして部屋を分けようとナイジェルに言ったこと。それらのことを、わたくしは殿下にお話しした。

わたくしの話を聞くエルネスタ殿下の表情は、くるくると変わる。その様子は、とてもお可愛らしい。

「領地で大変なことがあったと、噂には聞いていたけれど。本当に、ご苦労様。そして、両想いおめでとう！　……でいいのかしら？」

殿下はそう言ってから、愛らしい仕草で首を傾げた。癖のない豊かな黒髪がさらりと揺れて頬にかかり、そこはかとない色香が漂う。殿下は今日もお美しい。

「ありがとうございます、殿下」

わたくしはお礼を言ってから、彼女に微笑みかける。すると殿下の眉間には、なぜだか深い皺が寄った。

「ねぇ、ウィレミナ嬢。ウィレミナ嬢なら、あの姉べったりよりもいい男を捕まえられると思うんだけど。本当にあれでいいの？　あれのいいところは、お顔くらいしかないのよ？　メイエ侯爵家のご子息の方が、素敵なのではなくて？」

エルネスタ殿下のナイジェルに対する点は相変わらず辛い。辛辣な言葉の数々に、わたくしは目を白黒させた。わたくしの婚約者筆頭の立場にある、テランス・メイエ侯爵子息。彼はたしかに素敵なお方だ。けれど……。

「わたくしはどなたでもなく、ナイジェルがいいのです」

心の底から、今のわたくしはそう思っている。ほかの誰でもなく、ナイジェルがいい。

彼以外と歩む人生は、もう欠片も考えられないのだ。

そうは思っていても……口にするのは恥ずかしいものね。頬がなんだか熱くなってしまう。エルネスタ殿下はわたくしの言葉を聞くと「まぁ！」と声を上げた。

「ウィレミナ嬢、すっかり恋する乙女ね」

殿下は楽しそうに言ってから、こちらに微笑みかける。

「殿下。か、からかわないでくださいませ」

「あら、からかっていないわ。真剣に楽しんでいるの」

「真剣に……ですか」

楽しんでいることを包み隠さない殿下の潔い姿勢に、わたくしはくすりと笑ってしまう。

殿下もくすくすと笑いだし、わたくしたちはしばらくの間笑いあった。

「……いいわね、両想いって」

ふと、憂い含みの表情になった殿下がそんなことをぽつりと漏らす。

「エルネスタ殿下でしたら、大抵の方と両想いになれると思うのですが」

わたくしは首を傾げ、瞬きをした。

エルネスタ殿下は、どの場所にいても一番の注目を集めるほどに美しいお方だ。絶世と言ってもまったく差し支えがない。その上、この国の第二王女という高い身分まであるのだ。なびかない男性の方が、むしろ少数派だろう。彼女が正面切って求婚をした場合、断ることができる独身男性はこの世に何人いることか。

「それがね。この私が好いているのに、あの男はちっとも好意に気づかないの。世界一鈍いのよ、あいつは。本当に失礼な話だわ。この私が！　こんなに好意を向けているのに！」

殿下はそう言って、可愛らしく頬を膨らませた。

「まぁ……！」

まさか、エルネスタ殿下が誰かに片想いをしているなんて。お相手は誰なのかしら！　正直とても気になるわ。いろいろと、訊いてしまっていいものなのだろうか。

「殿下、そのお相手は誰なのでしょう？　わたくしに、こっそり教えてくださ――」

「私の話はどうでもいいのよ。今は、ウィレミナ嬢の話」

そわそわとしながら訊ねると少し頬を赤くしながらこほんと咳払いをされ、話を逸らされてしまった。少しばかり……いえ、とても残念ね。

「お父様の許可が必要なんて、面倒なことになったわね」

エルネスタ殿下はそう言うと、眉間に皺を寄せつつ腕組みをする。

「殿下、国王陛下はどんな方なのでしょう」

この国の最高権力者である国王陛下にお会いできる機会なんてものは、ガザード公爵家の娘であってもそうそうあるものではない。その素晴らしい功績の話などはいくらでも知っているけれど……。人格に触れる機会は、まったくないと言ってもいい。

陛下の『身内』であるナイジェルも、陛下とは接したことがないはずだ。彼は世には隠された存在で……公に陛下と親しくするような立場にはいないのだから。

わたくしの質問を聞いて、エルネスタ殿下はしばしの間考える。そして口を開いた。

「そうね。お父様はとても聡明な方だけれど、ワガママで気まぐれね」

「ワガママで、気まぐれ」

エルネスタ殿下の父親評に、わたくしは目を丸くした。

「そして、とても愛情深い方。特に……お母様に対して過剰なくらいに一途なの。だから前王妃を正妃として娶らなければならなくなった時には、相当揉めたと聞いているわ。当時はお父様の立場は今よりも不安定だったから、押し切られてしまったけれど」

そのお話は、わたくしも聞いたことがある。陛下は本当は現王妃陛下……エルネスタ殿下のお母様を正妃として迎えたかった。けれど現王妃陛下の身分の低さが災いし、周囲の猛反発に遭い。三大公爵家のひとつだったデュメリ公爵家出身の前王妃を、正妃に据えることになってしまったのだ。

しかしその前王妃は……。王弟殿下の遺児であるナイジェルを暗殺しようとし、失脚した。今では王都から離れた場所で、子どもたちとともに幽閉されている身だ。

デュメリ公爵家も取り潰しとなり、どの家が空位となった三大公爵家の座に収まるのか……今でも議会は紛糾しているのだそうだ。

『別に空位でもいいのだけどね。我が家はまったく困らないから』

というのは、お父様の言である。お父様、それはガザード公爵家に権威が偏りすぎて、とてもよろしくないと思うのよ。健全な力関係というものは、とても大事だ。

三大公爵家——現在は二大公爵家となっているけれど便宜上そう呼ぶ——のもう一家であるレンダーノ公爵家と、我がガザード公爵家の力関係は……。率直に言えば、我が家の方がかなりの優位というものである。元王妃の縁戚であるデュメリ公爵家とレンダーノ公爵家が結託してようやく、ガザード公爵家とやりあえていたのよね。なので今現在、議会はお父様の独壇場である。こうなってしまうと王家に疎まれて出る杭は打たれるなんてことになりそうなものだけれど、お父様は『下』で国を支える役割を望んでおり、国王陛下を支えることに注力しているので現状ではそんなこともないらしい。

今の状況にレンダーノ公爵が不満を覚えている……なんて話は聞かないけれど。腹の底では不満を煮えたぎらせていてもおかしくはないわね。

「私は……性格がお父様によく似ていると言われるわ。だけどお父様の方が、何倍も始末が悪いの。絶大な権力を持っているから、なおさらね。ようは性格がとっても悪いの」

エルネスタ殿下はそう言ってから、紅茶を口にした。

殿下は……どちらかといえば、破天荒なお方である。そんな殿下が『始末が悪い』と評するのだ。陛下はよほど、一筋縄ではいかないお方なのだろう。

……そんなお方を説得するのは、骨が折れそうね。わたくしは、こっそりとそんなことを思う。

エルネスタ殿下はさらに茶菓子を何口か食べて満足そうに息を吐いてから、話を続けた。

「叔父様の駆け落ちでお父様は大変な迷惑を被ったそうで、それを今でも恨みに思っているわ。……意趣返しにナイジェルに意地悪を言う可能性はとても高いわね」

「意趣返し、ですか」

たしかに……。自分は好いた女性を側室に据えなければならなかった状況の中、弟が好きな女性と逃げてしまったのは業腹だっただろう。

今でも、王弟殿下のことを恨んでいてもおかしくない。だけど、王弟殿下はもういない。そうなると恨みの矛先は――理不尽だとしても、その子どもであるナイジェルに向かうのではないかしら。それは、困ってしまうわね。

「一体、どうなってしまうのかしら」

そんな弱音が、ついつい口から零れてしまう。

「なるようにしかならないでしょうね。いざとなったら、ウィレミナ嬢もナイジェルと逃げてしまったら？　その時には、いくらでも協力するわよ？　だって楽しそうなんだもの。お父様とガザード公爵の驚くお顔、私は見てみたいわ」

エルネスタ殿下はそう言うと、実に楽しそうに笑い声を立てる。

殿下。できれば穏便に……陛下を説得する方向で頑張りたいのですけれども。そうは思うものの……。それは難しいのだろうということが今から想像がついて、わたくしは大きなため息をついた。

夏休暇が終わり、新学期がはじまった。

そして早二週間ほどが過ぎたのだけれど……。わたくしとナイジェルの生活には、小さいけれど大きい……そんな変化が起きた。

具体的に言うと。わたくしとナイジェルが居室を別々にした影響で、ナイジェルに憧れる令嬢たちが彼に接触しやすくなったのだ。

今までは寮の部屋を出るところからわたくしと一緒だったので、接触する隙が少なかったものね。

令嬢たちは騎士寮の入り口でナイジェルを待ち構え、わたくしと彼が接触するまでの時間で彼に話しかける。そしてナイジェルが、どれだけ冷たい対応でも……彼女たちはまったくめげないのだ。

たくさんの花に囲まれたナイジェルを毎朝目にするのは……正直少し気が滅入る。ナイジェルが彼女たちになびくはずがないとは思っているけれど、やっぱりもやもやとした気持ちにはなってしまうから。

物理的にだけとはいえ、ナイジェルに近づきやすくなった影響だろう。中にはわたくしに『弟の存在を縛りすぎている』などと言い出す恐れ知らずまで出る始末だ。

そんなもの自分がいかに無礼なことをしているのかを諭しながらひと睨みすれば、すぐに逃げていってしまうのだけれど。逃げるくらいなら、やらなければいいのにと腹立たしい気持ちになる。

ナイジェルは弟ではないのだと……そう言えればどれだけ楽になるかしら。

そんなことを思いながらため息をつくわたくしの手に、大きな手がそっと触れ……そのまま握り込んだ。

今は放課後で、わたくしとナイジェルは寮の部屋にいる。長椅子に座るわたくしの隣には、当然のようにナイジェルが腰を下ろしていた。

「姉様。元気がないようですが」

「ナイジェル……。そんなことはないわ」

元気がないわけではない。ただ少し、妬いているだけ。

素直に貴方に気持ちを伝えられる、令嬢たちに。そして令嬢たちに囲まれているナイジェルに。

握られた手をちらりと見てから、そっと握り返す。するとナイジェルは一瞬驚いた顔をしてから、嬉しそうに顔を綻ばせた。そんな彼の様子を見て、わたくしはほっと胸を撫で下ろす。

……妬いていると言ったら、ナイジェルはどう思うのかしら。鬱陶しいと思われてしまう？　それとも、この『姉べったり』の義弟は喜んでくれる？

勇気を出して訊いて……みようかしら。

「ねぇ、ナイジェル」

「なんですか？　姉様」

「……お前は近頃、令嬢たちに囲まれてばかりね」

ああ、ダメだわ。なんだか責めるような口調になってしまった。もっと可愛らしい口調で……焼きもちを伝えられたらいいのに。ほら、ナイジェルが驚いた顔をしているじゃないの！

目を丸くした義弟を見つめながら、彼の次の反応を待つ。ナイジェルがこてんと首を傾げると、銀色の髪が揺れてすっかり逞しくなった首筋にかかった。なんだかものすごく、いたたまれない気持ちになってきたわ……！

「その、お前を責めたいわけではないのよ」

ナイジェルの反応を待てなくて、わたくしは慌てて言葉を重ねてしまう。ああもう、あんなこと言わなければよかったわ！

後悔に苛まれ、わたくしは顔を伏せてしまう。すると頬に……温かな感触が触れた。ナイジェルの黒の手袋に包まれた手だ。

「姉様。それは……焼きもちですか？」

ああもう！　そんなふうにはっきりと問われると、恥ずかしくなってしまうじゃない。

「そうよ、妬いたの！」

叩きつけるように言ってから、わたくしはさらに顔を俯かせた。本当にわたくしは、可愛くないわ。

「ふふ、そうなのですね」

ナイジェルから笑いが零れたことにより、少しばかり安堵する。顔を上げれば……極上の笑みを浮かべたナイジェルの美貌がそこにあった。

「私には姉様だけですよ。だから妬いたりしなくてもいいのです」

「そ、そう。それは……嬉しいわ」

「姉様からの焼きもちというのは、嬉しいものですね」

そんな囁きとともに、指先で頬を撫でられる。この義弟は……わたくしの行いを、いつでも好意的に取りすぎなのではないかしら。

「可愛くないことしか、言えなかったわ。……ごめんなさい」

「いいえ、お可愛らしいです。姉様のすべてが、私にとっては愛らしくてたまらない」

歯の浮くようなことを言ってから、ナイジェルはしばし沈黙する。そして、両手を広げた。

「……抱きしめても？　姉弟でも抱擁はするでしょう」

広げられた手を、わたくしはまじまじと見つめる。姉弟で抱擁をするかどうかは、関係性によると思うけれど……。いえ、そういうことじゃないのよね。朴念仁のわたくしにだって、それくらいわかるわ。

「そうね。……姉弟でも、それくらいはするわよね」

言いわけじみた言葉を口にしながら、ナイジェルの胸にそっと頬を寄せる。するとふわりと、優しく抱きしめられた。優しく背中を撫でられ、心がくすぐったくなる。

「ふふ。お前に抱きしめられると、気持ちいいわね」

「可愛らしいことを言いますね。そんなことを言われると口づけをしたくなるので、困るのですが」

「え？」

「いえ、しませんが。……したいですけど。我慢します」

「ふふ。それは婚約までのお預けね」

義弟の口から「ぐぅ」と苦しげな呻きが漏れた。そ、そんなにわたくしとの口づけをしたいのかしら。この義弟の趣味は変わっているわ。そしてそのことが、とても嬉しい。

「陛下を……絶対に説得しないとな」

ぽつりとナイジェルが零す。わたくしも同意を示すために、彼の腕の中で頷いた。

「そうね。説得の道筋がなかなか難しそうだけれど、そうも言ってはいられないわね。だって……一緒にいたいのだもの」

「そうですね、今できる限りの努力をしましょう。二人の将来のためなのですから」

ナイジェルはそう言って、嬉しそうに笑う。そんな彼に、わたくしも微笑み返した。

「とはいえ、陛下をどう説得したものかしら」

お父様との会話以降、何度この言葉を口にしただろう。ナイジェルも、難しい顔になる。

「陛下を説得できるような手札が見つかればいいのですが。見つからなかった時は、正面からぶつかっていくしかないでしょうね」

「そうね……そうよね」

「ダメな時には、一緒に逃げてしまいましょう」

「それは、絶対にダメよ」

ナイジェルがとんでもないことを言うので目をつり上げながら見上げれば、くすくすと楽しそうに笑われる。わたくし、彼にからかわれたみたいね。

「わかっています。今までの姉様の努力を無駄にするわけにはいきませんし。……けれど」

ナイジェルは言葉を切って、しばしの間沈黙する。続けて、真剣な表情でこちらを見つめた。表情が引き締められた義弟のお顔は、美しさがさらに増した気がする。その美貌に、わたくしは見惚れてしまった。そんなわたくしの頬を、ナイジェルの手がそっと撫でる。

「会談を何度重ねても、説得の余地が生まれない場合は。私は貴女を連れて逃げたいと思っています」

きっぱりと告げられて、わたくしは目を丸くした。

「私の人生には、姉様さえいればいい。そのための努力ならいくらでもできます。だけど……努力をしても姉様を得られないと言うのなら」

そう口にするナイジェルの表情は、どこか危うさを感じさせる。

「ナ、ナイジェル！」

ぱちん！　とナイジェルのお顔の前で手を鳴らす。すると彼は、虚を衝かれたように驚いたお顔になった。

「貴族の令息令嬢が手を取り合って逃げたとして、市井で無事に生きられるかはわからないわ。わたくしたちが幸せに生きられるかどうかは、大きな賭けになる」

「それは……骨身に沁みてわかっております」

ナイジェルは悔しそうに唇を少し噛む。きっと、ご両親のことを思い出しているのだろう。

「逃げることは最良の選択ではない。それはわかるわね？」

「……はい」

青の瞳をしっかりと見つめながら言えば、ナイジェルは渋々という様子で頷いてくれた。

その少し拗ねたお顔が可愛らしく思えて、銀色の頭に手を伸ばす。わたくしの意図を察したナイジェルは、そっと頭を下げた。

「せっかくなら、努力をして最良を掴みましょう？」

囁きながら、銀色の頭をわしゃわしゃと少し乱暴に撫でる。ナイジェルは無言でこくりと頷いた。

「努力をし尽くして本当の本当にどうにもならなかった時に、その手段のことを考えましょうね」

白い頬を両手で包みながら、冗談めかした調子で言う。すると青の瞳が縋るようにこちらに向けられた。

「……どうしようもなかった時には、一緒に逃げてくださると？」

真剣な調子で問われて、しばしの間考える。

世間的に見れば、半分血の繋がった姉弟の駆け落ちだ。

当然のことながら後ろ指を指されるだろうし、ガザード公爵家の評判だって地に落ちることになる。今までの努力はすべて無駄になり、お父様に多大なご迷惑をかけてしまうことは確実だ。

それを考えると安易に『一緒に逃げるわ』なんてことは言えない。だけど……。

『その時』になってナイジェルに手を差し出されたら。わたくしは、それを拒むことができるのだろうか。

わたくしはナイジェルに恋をしている。ガザード公爵家の娘としての立場を優先し、彼と別れる選択がその時できるか……正直自信がないわ。だって、ナイジェルと別れるなんて悲しすぎるもの。想像しただけで胸が痛くてたまらない。

義弟の頬を両手でぐにぐにと弄びながら、わたくしは悩み込んでしまう。ナイジェルはわたくしの両手首を掴み、頬に触れている手を引き離した。

「姉様がこの選択を天秤にかけてくれている。それだけでじゅうぶんです」

「……ナイジェル」

美貌が近づき、唇が額に触れる。口づけは何度か繰り返され、最後に名残惜しげに長く額に留まってから離れていった。

「最良を掴むために、頑張りますね」

「わたくしも、頑張るわ」

「はい、二人で頑張りましょう」

そう誓い合い、わたくしたちは微笑みを交わす。

おずおずとナイジェルに身を預けると、また優しい抱擁をされた。

私、テランス・メイエには意中の女性がいる。

ウィレミナ・ガザード公爵令嬢。三大公爵家であるガザード公爵家のご令嬢だ。

幼い頃から……清廉な美しさと、誇り高さ。そして心からの優しさを持つ彼女に、私は惹かれていた。

私と彼女の関係は『婚約者候補の一人と、候補から婚約者を選ぶ立場のご令嬢』というものである。私の立場は、実に心もとないものなのだ。

この国には現在百と少しの貴族家があり、侯爵家は十五家、公爵家は十家という数少ないものだ。いや……先日のデュメリ公爵家の取り潰しのせいで、公爵家は九家になってしまったのか。その九家の公爵家の中からさらに、功績を讃えられ特に権威を与えられているのが三大公爵家だ。

王家に次ぐ権威を持つ三大公爵家の者の婚約は、簡単に決められることではない。特にウィレミナ嬢はガザード公爵家のご令嬢……。王家の縁戚である上に、三大公爵家の中でも最高権威を持つ家の令嬢なのだ。

彼女の婚約は、時勢や各家の状況……それらを長い年数をかけて慎重に吟味することとなる。

とは言え。ウィレミナ嬢が嫌だと言えば……時勢がその時どうであれ、公爵はのらりくらりと理由をつけてその候補を選ぶことはないのだろうが。それだけ、公爵は娘馬鹿なのである。

ウィレミナ嬢が婚約者候補たちの『誰か』を贔屓にする様子は――今のところ見られない。

彼女は理性的な人だ。情勢による『利』のみによって、婿を選ぶだろう。

それが皆もどかしくもあり、安堵するところでもあったのだけれど……。

「……あの弟君は、本当に弟なのかな」

私は眉間に皺を寄せながら、ついついつぶやいてしまった。

「と、言いますと？」

つぶやきを耳聡く聞きつけた私の従僕……オレイアが眼鏡のブリッジを指で押し上げる。

周囲に視線を走らせ、誰もいないことを確認してから私は声を潜めつつさらに口を開いた。

「……おかしいとは思わないか？　あの奥方を溺愛していたガザード公爵が、隠し子なんて。昔は『そんなこともあるのか』程度にしか考えていなかったけれど。奥方の没後。公爵は何年経っても後妻を娶られる様子はないし、恋人もいらっしゃらない。月命日には欠かさず亡妻の墓参りに行く。そんな彼が、隠し子だよ？」

「ふむ。酒に酔った日の一夜の過ちの結果……ということもあり得ますよ？」

オレイアはそう言いながら、白の手袋に包まれた細い指で自分の顎を撫で擦る。そのなにかをごまかすような仕草からは、彼も『隠し子』の件が腑に落ちてはいないのだろうことが察せられた。

「正直あり得ないと思うけれど。万が一の話、一夜の過ちがあったとしたって……母親は誰だ？　誰がナイジェル様の母親か――その噂がなさすぎると思わない？」

「……それは、そうですね」

貴族の社会を噂が駆け抜けるのは速い。ナイジェル様の母親になんらかのあたりがつけられれば、その噂は風のように貴族社会を駆け巡るだろう。

しかしその類の噂は……何年もの間、不自然なくらいに流れないのだ。

一夜の行きずりの相手だったと仮定して。

ガザード公爵家と縁づける機会なのだから、平民であっても貴族であっても口を噤むはずはない。自分の子はガザード公爵のご落胤なのだと喧伝するはずだ。そして、その噂は……いずれ誰かの口に上る。

相手がガザード公爵の正体を知らなかった場合。親子ともども火種になるものには触れずに、彼は放置しておくだろう。いや、もしくは消すか？

「――彼は、『誰』だ？」

疑問が……胸にふつりと湧き上がる。そして、仮説と危機感も。

彼が血縁であれば……ウィレミナ嬢にどれだけ近かろうと敵ではない。

しかし、血縁でないとしたら——。

ナイジェル様は『ウィレミナ嬢がもっとも気にかけている、血の繋がらない男性』ということになってしまう。

ウィレミナ嬢は警戒心が強い人だ。しかし一度懐に入れた者に対しては、情の厚さを発揮する。そしてナイジェル様は彼女の懐に入っており、近頃は……。さらにその内側へと踏み込んでいるように思えた。

「これは、まずいね」

ため息をつきつつそう漏らしてみるものの、対策という対策は思いつかない。

「オレイア。いくつか私の仮説を伝える。それをもとに彼のことを探ってくれ」

「……ガザード公爵の隠し事に、触れろとおっしゃるのですか？」

オレイアは眉間に深い皺を寄せる。危険な任務だ。けれど、この男ならできるだろう。

「ああ、そうだ」

「わかりましたよ。まったく、人使いが荒い」

そう言って彼は軽く肩を竦めた。

さて。しばらくすれば、オレイアがなんらかの手がかりを掴んでくるだろう。

その内容次第で……私は腹を括らねばならなくなるだろうな。

お父様とお話をした日から一ヶ月後。外交から国王陛下が戻り、対面の目処が立ったという内容を記した手紙がお父様から届いた。日時も手紙に記されており、それが三日後と近い日程だったことにわたくしは緊張を覚える。心の準備をするには短すぎるわね。とはいえ、長い期間を与えられても対策ができるわけではないのだけれど……。

陛下を説得できるような材料を懸命に探してはみたものの、そんなものが簡単に見つかれば苦労はしない。わたくしたちは空手のまま、陛下とお会いすることになってしまった。

エルネスタ殿下との会話を思い返すに、陛下は王弟殿下の駆け落ちにたくさんの『思うところ』があるようだ。説得の材料があろうがなかろうが、話を聞くつもりなど毛頭ないという可能性も高いわね。これは、どうしたものかしら……。

ナイジェルとともに馬車に乗り込み、王宮へと向かう。

王宮を訪れるのは……夏休暇の前に王子殿下たちと王妃陛下に会いに行って以来ね。あの時は楽しい道行きだったのに、今はとても気が重いわ。

「姉様、大丈夫ですか？」

隣に座るナイジェルに心配そうに声をかけられ、わたくしは微笑んでみせた。

「ごめんなさい。少しだけ気が重くて」

ごまかしても仕方がないと思ったので正直に告げると、ナイジェルは綺麗な眉を下げる。そして手を伸ばすと、わたくしの頬を優しく撫でた。

「私がどうにかします……と。お約束できればよいのに」

陛下に要望を呑ませることは、この国ではお父様にしかできないだろう。

「ふふ、その気持ちが嬉しいわ。ありがとう、ナイジェル」

慰めの言葉にお礼を言って、義弟の手のひらに頬をすり寄せる。ナイジェルはいつでも、優しいわね。その優しさに心が慰められる。

ぽつぽつとナイジェルと会話を交わしているうちに、王都が……そして王宮が近づいてくる。恐怖で震えそうになるけれど……。

──しっかりしなくては。

これから、わたくしとナイジェルの未来を摑み取るための戦いがはじまるのだから。

王宮に着くと、さっそく謁見の間へと通された。

緊張で身を硬くしながら歩みを進めると、玉座に腰を下ろした陛下のお姿とその隣に立つお父様が視界に入った。お父様はわたくしの姿を目にすると、嬉しそうに笑う。そしてめる。

ひらひらと、軽く手を振った。だけどわたくしは、お父様にぺこりと会釈をするだけに止める。

……今日のお父様は、わたくしの味方ではないのだ。そのことを思うと、さらに緊張感が増す。

平素は大勢いる臣下はおらず、陛下の背後にマッケンジー卿が控えているだけだ。話の内容が、内容だものね。

わたくしはナイジェルとともに歩みを進めると、陛下の前で臣下の礼を取った。

「……顔を上げてよいぞ」

重々しい声音で声をかけられ、ゆっくりと顔を上げる。すると陛下の尊顔が視界に入った。

――ナイジェルと似ているわ。

最初に思ったのは、それだった。改めて見ればナイジェルと陛下の面差しは、血の繋がりを感じさせる程度には似通っていたのだ。

陛下とは何度かお会いしたことがあった。だけどその頃は、ナイジェルが王家の血筋の者だとは思っていなかったから気づかなかったのね。

王弟殿下はナイジェルに生き写しらしいので、さらに似ていたのでしょうけど。もうお会いできないのが、本当に残念だ。

「陛下。このたびは拝謁のお許しをいただき――」

「堅苦しい挨拶などよい」

　わたくしが口上を述べようとすると、陛下に途中で遮られる。ではどう話を切り出そうかと思考を巡らせていると、ナイジェルが一歩前へと進み出た。

「お言葉に甘えて、堅苦しい挨拶などは省いてしまいましょう」

　彼はそう言いながら不敵に笑う。そんなナイジェルを目にして、陛下の片眉が跳ね上がった。お父様はというと……二人の様子を楽しそうに眺めている。あれは完全に面白がっているお顔ね。

「伯父上。ウィレミナ嬢との婚約を認めていただきたい」

　ナイジェルはそう言うと、わたくしの手をしっかりと握る。率直すぎる話の切り出し方だけれど、今日はその話をしにきたのだものね。わたくしは、陛下の反応を待つ。陛下は深い深いため息をついたあとに足を組み、口を開いた。

「婚約を認めることはできぬ。理由はわかっているな？」

　ナイジェルの言葉は、にべもなく撥ねつけられてしまう。まぁこれは、予想の範疇だ。

「理解はできますが、納得はできません」

　一方のナイジェルも、まったく譲らない。

「お前が納得できずとも、今は時期ではない。そうだな、あと十八年待て。そうすれば婚約を認めてもよいぞ」

陛下はそう言うと、意地の悪い笑みを浮かべる。ナイジェルはそんな陛下を眼光鋭く睨みつけた。

……あと十八年。つまりは殿下たちの成人までだ。わたくし気が長い方ではあるとは思うのだけれど、さすがにそんなには待てないわ。

説得にしても交渉にしても、手札はなにもないけれど。ここで怖じ気づいてばかりはいられない。

「陛下、発言のご許可を」

緊張を飲み下し、わたくしは声を上げた。その声は少し震えていたけれど、こればかりは仕方がないわよね。

「許そう」

「ありがとうございます、陛下」

発言の許諾を受け、わたくしは一礼する。そして、口を開いた。

「『なにか』があった時には、ナイジェルは王族の籍に戻るという条件つきでの婚約などは……」

「ならぬ」

すべて言い終える前にきっぱりと切り捨てられ、唇を嚙みしめる。そんなわたくしの肩を、ナイジェルがそっと抱いた。

「では、姉様を連れて逃げてしまいましょう。それが一番早い」

ナイジェルはそう言うと、わたくしの肩を抱く手の力を強める。するとお父様の顔色が、あからさまなくらいの青に変わった。そんなお父様をちらりと見て、マッケンジー卿は明らかに面白がるお顔になる。あの方もいい性格をしているわよね……。

「それはダメだよ、ナイジェル！　絶対にダメだ！」

「……ガザード公爵、そう言われましても。この通り、伯父上が意固地なものですから」

思わずといった様子で声を上げるお父様に、ナイジェルが飄々とした様子で言う。この子ったら、いつの間にこんな役者になったのかしら。

「あいつと同じ顔のお前が言うと、洒落にならん」

陛下は吐き捨てるように言うと、苦虫を噛み潰したような顔になった。

「お前の父の駆け落ちが、どれだけ当時の政務に悪影響を与えたと思っているのだ」

「それは父がしでかしたことで、私の責ではありません。それに……父がいなければ政務が回らない無能ばかりだったのですか？　そもそも愛する者同士を無理に引き裂こうとしたのが、駆け落ちの原因でしょうに。自業自得ですよ、伯父上」

「ほう……？」

「父と母の仲を引き裂こうとし、駆け落ちするまでに追い詰め、結果的に命を奪ったのは貴方だ。その償いに私たちの婚約を許諾してもよいのでは？」

特殊な立場もあって陛下に処断される可能性がかなり低いこともあり、ナイジェルの舌鋒は鋭い。わたくしはそれを聞きながら、ハラハラしてしまう。

「あの令嬢のことは愛人にでもすればよかったのだ。駆け落ちなどという手段を選んだのは、国益を顧みることができなかった弟の勝手だ」

「父は伯父上とは違って、愛に殉じ――」

「ナ、ナイジェル！」

嫌な予感がして、わたくしはナイジェルの口を慌てて塞いだ。恐らく彼は、陛下が愛する女性を側室の身として長年置いていたことを揶揄しようとしたのだろう。さすがにそれは、金獅子の尾を踏む行為よ！　陛下にとって、そのことは苦渋の決断だったのだろうから。

ちらりと陛下のご様子を窺うと、そのこめかみには青筋が走っている。見ているだけでわたくしは肝が冷えそうなのだけれど、ナイジェルは飄々とした様子だ。頼りになるというか、怖いもの知らずというか……。

「とはいえ、姉様を連れて逃げるのは最終手段です」

ナイジェルの言葉を聞いて、お父様が安堵の息を吐くのが見えた。大丈夫よ、お父様。わたくしは、安易な駆け落ちなんて考えていないわ。だけど……。努力して、努力して、それでもダメだったら……いいえ。そんな考えはよくないわね。わたくしは領民のために生きると決めたのだ。それに、わたくしがいなくなればお父様がたくさん泣くだろう。近しい家族を失う悲しみを、お父様にふたたび味わわせたくはないわ。

お母様を亡くした時の、お父様のご様子をわたくしは覚えている。お父様は毎日目を真っ赤にしていて……わたくしのいないところで泣いていることは明らかだった。それでもわたくしに心配をかけまいと、笑ってくださっていた。

……あの時は、わたくしがいた。

だけどわたくしがいなくなったら、お父様は本当に一人で泣くことになってしまう。想像だけで胸が痛むわ。

お父様に視線を向けると、眉尻を大きく下げられる。その表情につられて、わたくしも眉尻を下げてしまった。

すべてを捨てる決断とは、難しいものだ。そんなことを、しみじみと思う。

「話は終わりか？」

陛下はそう言うと、わたくしたちを鋭く睨めつける。

このままでは会談が終わってしまう。なんの……成果も得られずに。

「陛下。もう少しだけ、発言をお許しください」

わたくしは意を決して、一歩足を踏み出す。すると陛下はぴくりと片眉を上げた。

「……話せ」

陛下は面倒くさそうな様子だけれど話を聞いてくださるようで、わたくしは少しほっとする。こくりと唾を呑み込んでから、わたくしは口を開いた。

「陛下にご納得いただける交渉材料を得たあかつきには……また会談の機会を設けてはいただけないでしょうか」

「……いいだろう。交渉材料とやらをお前たちが手に入れる日を、楽しみに待っている」

しばしの沈黙のあとに、陛下は口角の片側を上げて底意地の悪いお顔をしながら言葉を発した。その表情からは『お前たちにはできないだろうがな』という本音が透けて見える。

想像していたけれど……これは困難な道ね。

……それにしても、困ったわ。このままでは、テランス様やほかの婚約者候補の方々へのお断りの件が宙ぶらりんになってしまう。そのことが、本当に申し訳ないわ。

わたくしは頭痛を堪えながら、大きな息を吐いた。

「はっ！」

気合いを入れながら強く一歩を踏み込み、眼前の男に向かって木剣を突き出す。しかし私の動きは完全に読まれており、木剣はひらりと躱されてしまった。続けざまに二の太刀を放つが、それも簡単に避けられる。そしてがら空きになった脇腹に、木剣を叩き込まれてしまった。

「――ッ！」

目の前に星が散り、私はその場にうずくまる。すると大きな影が差し、首筋にひたりと木剣を当てられた。

「おいおい、今日はずいぶんと集中力に欠けるな。稽古をつけてほしいっつったのはお前だろ。戦場だったら五回は死んでるぞ」

「……申し訳ありません」

木剣で打たれて鈍く痛む脇腹を押さえながら、私は稽古の相手であるマッケンジー卿に謝罪をする。

陛下との謁見の翌日。私はマッケンジー卿に頼んで、騎士団の練習場で稽古をつけてもらっていた。体を思い切り動かして、謁見で溜まったストレスを発散したかったのだ。

とはいえ、昨日の陛下とのやり取りが脳裏を過りなかなか稽古に集中できず……。マッケンジー卿にいつも以上にいいようにされ、ストレスは発散されるどころか逆に溜まるばかりだ。

「陛下とあれだけやり合ったあとだもんなぁ。まぁ、注意力も散漫になるか」

マッケンジー卿はそうつぶやくと、ふむと小さく唸る。そして、木剣をくるくると片手で軽く回して弄んだ。その隙を狙って剣を鋭く打ち込むが、それは軽々と弾かれてしまう。そしてついでとばかりに、また脇腹に木剣を叩き込まれた。同じ場所を二度叩くなんて、この男は性格がかなり悪い。痛みによる吐き気を堪えながら、私はしばしの間悶絶した。

痛みでよろめきながら立ち上がり、大きなため息をつく。

「状況の打開をしなければならないのに、何度考えてもそのヒントが見つからないのです。やはり姉様を連れて逃げるしか……」

姉様と結ばれるためには、もうそれしかない気がする。父もこのような心境で、母を連れて逃げたのだろうか。今なら父の気持ちが痛いくらいにわかる。

「早まるな。ウィレミナ嬢に、お前の母ちゃんがしてた苦労をさせる気か？　それも、彼女の今までの努力と生き方を台無しにしてだ」

「……う」

マッケンジー卿に冷静に言われ、私は言葉に詰まってしまった。

彼の言う通りだ。姉様を連れて逃げたとして、幸せにできるとは限らない。姉様は男爵家の令嬢だった母以上に箱入りなのだ。市井に馴染めず苦労をする可能性は、とても高い。

そして逃げるという行為は、女公爵になるために頑張っている姉様の努力を軽んじることになってしまう。できることならそれは避けたい。幼い頃からの姉様の努力を……私は知っているから。

「マッケンジー卿は……どうやって奥方を手に入れたのですか？」

訊ねれば、マッケンジー卿の目が丸くなった。我ながら唐突だったな。

前々から、気になってはいたのだ。マッケンジー卿は活躍を認められ、今は近衛騎士団団長の地位と爵位を与えられている。しかし亡くなった奥方と出会った頃の彼はまだ平民で……子爵家の令嬢だった奥方との恋を成就させるためには大きな困難があったはずだ。その困難をどう乗り越えたのか、参考に聞いてみたいと思ったのだ。

「マッケンジー卿と奥方の間には、大きな身分の差がありましたよね？　周囲の反発をどう躱したのか気になりまして、参考に聞かせていただければなと」

「まぁ、そりゃな。反発の嵐だったさ」

マッケンジー卿はそう言って、頭を軽く掻いた。その様子からは少しの照れが感じられる。

「しかしな、英雄になりゃ皆黙る」

彼はこちらに視線をやると、白い歯を見せてにっと笑う。その言葉を聞いて、私はあっけにとられた。

数十年前。マッケンジーは国の南に位置する、貧しい農村に生まれた。

ほかの少年たちよりも体が大きく、人なのか疑わしいくらいに力も強い。そんな彼の存在は、村では異端だった。その異端の力を親から受け継ぐだろう農家の生業以外に使うことを、当時のマッケンジーも周囲もまったく考えていなかったのだ。

しかしある日。状況が一変した。

マッケンジーが十三の頃。村を盗賊の集団が襲ったのだ。村人たちはただ逃げ惑うだけだったが、マッケンジーは盗賊たちに一人で立ち向かった。そして……彼らを手にした斧や農具で簡単に打ち倒してしまったのだ。

後日。そのことを知ったとある高名な騎士が、マッケンジーをぜひ騎士にしたいと申し出た。マッケンジーはその騎士の手を取ることを決め、騎士への道を歩みはじめたのだ。

その道の半ばで……彼はとある貴族の少女と出会って恋に落ちたのである。

互いに、一目惚れというやつだった。

しかしマッケンジーは平民で、少女は貴族。今の状況ではどうあがいても、結ばれるはずがない。

マッケンジーはその状況に絶望……したりはせず。平民から貴族になる方法を必死に探った。彼は昔から諦めの悪い人間だったのだ。そして、過去の事例から光明を得たのである。

功績を讃えられ、平民から貴族となった騎士たちが過去にいた。

しかしそれは戦場で『英雄』とまで言われる活躍をした、一握りの者たちだけだったのだ。それを知ってもマッケンジーが諦めることはなかった。

『俺も、英雄になればいい』

マッケンジーはその想いを胸に……戦場で数百の屍を築いた。

異端、鬼神。人々はさまざまな呼び名で彼を呼んだが『英雄』にはまだ遠い。マッケンジーはさらに屍の山を築き、それは数千となった。

そして。いつしか彼は……『英雄』と呼ばれるようになっていた。

マッケンジーは国の『英雄』となり爵位を得て、愛しの少女を手に入れることができたのだ。

その活躍は読み物や歌劇に昇華され、今でも人々の間で親しまれている。

「小僧、覚えとけ。民衆ってのはな、物語が好きなんだ」

マッケンジー卿は自身の過去のことを語り終えると、腕組みをし不敵な笑みを浮かべながらそう言った。

「物語……ですか」

彼の言葉の意味が摑みきれず、私は首を傾げる。そんな私の頭を、マッケンジー卿はわしゃわしゃと大きな手でかき混ぜた。

「例えばだな。平民の男が貴族の女のために英雄となり爵位を得て求婚しただの、そういう話を民衆は好むんだよ。そんで過剰なくらいに持ち上げてくれる」

「……ふむ」

マッケンジー卿の言わんとすることが、わかったような気がする。

「民は『勇者が竜の討伐の褒美に姫を所望する』というような話を好むと、そういうことですね？」

「そうだ。そして……民の感情というものはなかなか無下にできるもんじゃない。民が味方につくほどの功を立てりゃあ、ガザード公爵や陛下だってお前の願いを無視できなくなるだろうよ」

実際にそれをやった男が言うのだ。言葉に説得力があるな。陛下もガザード公爵も、信じられないことに平民出のこの男に頭が上がらないところがある。それだけマッケンジー卿の功績は大きく、民からの支持も厚いということだ。彼のことを信奉している貴族も多いと聞くしな。姉様も将来、その一人となるのだろう。

「なるほど……」

英雄、か。私も騎士だ。今から別の手段で功績を立てるよりも……薄いにしても可能性がある手段ではある。

「つーわけで。姉様の護衛だけではなく、俺の任務も時々手伝えよ。きっと大きな手柄が立てられるぜ」

マッケンジー卿は話をそう締めると、私の頭をわしゃわしゃとまた乱暴に撫でた。そんな彼を、私は恨めしげな目で見てしまう。

「結局、そういう話ですか」

「手っ取り早いだろ？　お前のおかげで解決したと、英雄様が喧伝もしてやるよ」

「……それは、ありがとうございます」

マッケンジー卿のもとまで回ってくる任務は、解決の難易度が高い重要なものばかりだ。彼のもとでの任務を積み重ねることで、騎士としての功を積み上げることはできるだろう。

けれど……。

それは、姉様の護衛の任を離れることが増えることを意味している。

——姉様を守りたくて騎士になったのにな。

ままならなさを感じながら、私は大きなため息をつく。そんな私の頭を、マッケンジー卿が笑いながらまたまた大きな手でかき回した。

第二章　義弟は不穏を感じる

陛下との会談から二週間。今朝もナイジェルとの待ち合わせ場所である学生寮の前に行くと、義弟はたくさんの女生徒たちに囲まれていた。だけどそのお顔は嬉しそうなものではなく、氷のように冷たく無表情だ。

「……姉様！」

彼はわたくしに気づくと、無表情から一転ぱっと表情を明るくし、子犬のように駆け寄ってきた。わたくしに気づいた女生徒たちは不服そうな顔をしつつも、一応の礼節は忘れていないらしく深々と一礼をする。そして、そそくさと去っていった。

「おはようございます、姉様」

「おはよう、ナイジェル」

「姉様。昨夜はなにも異常はありませんでしたか？」

ナイジェルは眉尻を下げながら、わたくしの頬にそっと触れる。最近の彼はいつもこの調子で、顔を合わせて開口一番にわたくしの無事の確認をするのだ。

「ふふ、お前は心配性ね。一晩離れていただけでしょう？　寮には警備の騎士もちゃんといるのだし、平気よ」

頬に触れる手に自身の手を重ねながらそう答える。義弟の手の感触は、いつもの通りに頼りになるものだ。

「心配して当然です。姉様のことが……大事なので」

……そんなふうに言われると、嬉しくなってしまうじゃない。

「では、行きましょう。姉様」

ナイジェルがこちらに優美な仕草で手を差し出してくる。わたくしはその手のひらの上に、そっと手を乗せた。手のひらに乗せた手は、しっかりと握られる。決して強い力ではないが、『放さない』というナイジェルの強い意志が伝わってきた。わたくしもぎゅっと握り返せば、ナイジェルは頬を赤く染めながら口元を片手で覆った。どうやら、にやけたお顔を隠しているようだ。

「姉様、その」

ナイジェルは話を切り出したけれど、少し口ごもる。

「なに？　ナイジェル」

わたくしが先を促すと、彼は緊張した面持ちで口を開いた。

「今日の授業が終わったあと、姉様さえよければ街に出かけませんか？」

ナイジェルはそう口にしてから、窺うようにこちらをじっと見つめる。

「まぁ、それはデートのお誘い？」

「そうです」

冗談めかして言えば、真剣な調子で返されて頬が熱くなる。お誘いはとても嬉しい。それに乗りたい気持ちは、やまやまなのだけれど……。

「諸々の問題が片づいていないから、そんな場合ではないと思うのよ」

　わたくしの言葉を聞いて、ナイジェルの眉尻が下がる。

「焦って今すぐどうにかなることでもありません。それに近頃……心労からか顔色も悪いようですし。少し、息抜きをした方がよいかと」

　たしかに……近頃のわたくしは陛下との交渉材料のことを考えてばかりだ。

　陛下が『褒美を与えてもよい』と思ってくださるようななにかを成し遂げなければならないわけで、それは本当に難しい。

　王国に今起きている問題を洗い出し自身で解決できるものがないかと模索してはいるものの、ただの令嬢であるわたくしの力で解決できるようなものはなく……。わたくしは、日々頭を抱えている。そのせいで少しばかり疲れてはいるかもしれないわね。ナイジェルも騎士のお仕事の方面から交渉材料を探してくれてはいるけれど、そちらもなかなか難しいようだ。

「姉様。根を詰めすぎて姉様が倒れたりしたら、私は悲しいです」

「……っ」

ナイジェルはそう言うと、心の底から悲しそうな顔をする。そのお顔を見て、わたくしは言葉に詰まってしまった。

「……そうね。焦ってもどうしようもないことかもしれないわね。気分転換も兼ねてお出かけをしましょうか。もちろん、節度を守ったお出かけに限るわよ？」

「はい！　姉弟同士の節度を守ったお出かけをしましょう！」

ぱっと明るい表情になる義弟を見ていると、わたくしの口元にも笑みが浮かんでしまう。この子は本当に子犬みたいね。

「お出かけ、楽しみです」

「そ、そうね。わたくしもよ。とても楽しみ」

……これはデートなのかしら。恋人同士になって、はじめての。そう考えるとなんだか照れてしまうわ。

「どこに行きたいか、考えておいてくださいね」

「ええ、わかったわ。ナイジェルは行きたい場所はないの？」

「姉様が喜ぶところに行きたいです」

訊ねると、すぐさま答えが返ってくる。この子ったら……本当にわたくしのことばかりなんだから。だけど……。

「わたくしだって、お前が喜ぶところに行きたいのだけれど」

わたくしの言葉を聞いて、ナイジェルの青の瞳が丸くなる。彼にとって、こちらの言葉は意外なものだったらしい。

「私が喜ぶところ、ですか。少し……考えてみます」

ナイジェルはそう言うと、真剣な表情で思案しはじめた。

そんな会話をしながら歩いているうちに、あっという間に校舎に着いてしまう。放課後のお出かけ……楽しみだわ。

放課後になり、わたくしは教室でナイジェルの迎えを待っていた。

どこに行きたいか懸命に考えたけれど、なかなか思いつかないものね。今の時期は食べ物が美味しい季節だから、美味しいお菓子のお店巡りでも提案してみようかしら。ナイジェルもわたくしも、どちらかといえば食べることが好きな方だし。だけど食べすぎると、太ってしまいそうで心配なのよね。

騎士であるナイジェルはふだんの訓練などで食べた分の消費ができるのでしょうけれど、平素あまり動かないわたくしは食べた分だけこの身に脂肪として蓄積されてしまうの。それは少しばかり困るわ。

うんうんと悩みつつも、心は明確に浮き立っている。

……想い人とのお出かけというものは、こんなに楽しみな気持ちになるものなのね。

そんなことを考えながら、口元を緩ませていると……。

「なんだかご機嫌だね、ウィレミナ嬢」

そんなふうに声をかけられた。一気に冷水を浴びせられたような気分になりながら、わたくしは声の方へと視線を向ける。すると予想の通りに、そこにはテランス様がいた。彼は金色の髪を揺らしながら、わたくしをじっと見つめている。その瞳の奥には……なにかを探るような色があるように思えた。わたくし、そんなに不審な様子だったかしら。内心反省し、気持ちを引き締め直す。

……どうにも、気まずいわね。

わたくしの意思ではどうにもならないこととはいえ……。現状では婚約の意思がないことを公に伝えることを陛下とお父様に止められているため、婚約者候補の方々に対してわたくしは大きな罪悪感を持っている。気まずさを顔に滲ませながらテランス様にぎこちない笑みを向ければ、柔らかな笑みで返されて罪悪感はさらに大きくなった。

「その。弟とお出かけをするので、それが楽しみで」

「ナイジェル様と……へぇ」

わたくしの言葉を聞いたテランス様は、なぜだか少し目を瞠る。そんな彼の様子に、わたくしは首を傾げた。

……テランス様は賢いお方だ。

わたくしとナイジェルに関する『なにか』に気づいているのかもしれない。

そんな不安を覚えながら、わたくしはテランス様を見つめる。すると彼は、内心を隠すかのようににこりと明るい笑みを浮かべた。それを目にして、不安な気持ちがさらに増していく。

「姉様、お待たせしました」

そんな声が背後から聞こえ、肩にそっと手が置かれた。振り返れば、そこには優しい笑みを浮かべたナイジェルがいる。彼はテランス様にちらりと視線を向けてから、片手でわたくしの鞄を持ちもう片手でわたくしの手を優しく引いた。

「さ、姉様。行きましょう」

「そうね、ナイジェル。テランス様、では失礼いたしますね」

ナイジェルに手を引かれるままに立ち上がり、テランス様へと一礼する。そんなわたくしのナイジェルに繋がれていない片手を、テランス様がそっと取った。その表情は変わらずにこやかで……だけどどこか硬質さを感じさせる。

「弟君とのお出かけ、楽しんできてね。そのうちでいいから私とも出かけてくれると嬉しいのだけれど」

彼はそう言うと、わたくしの手の甲に口づける。するとナイジェルの表情がにわかに険しくなった。そして周囲の令嬢たちからは、羨望と嫉妬の眼差しがわたくしに突き刺さる。学園内で人気の二人が身近にいるのだ。このような視線に晒されることにも慣れてはきたわね……。

「それは遠慮してください。姉様は忙しい方なので」

言いながら、ナイジェルはテランス様を睨めつける。テランス様はその鋭い視線をたやすく受け止めると、静かな一瞥をナイジェルに返した。

「……ナイジェル様が決めることでは、ないと思うのだけどね。私はウィレミナ嬢の婚約者候補で、彼女と交流を深める権利を公に認められている。それは弟君であるナイジェル様にも、邪魔ができるものではないんだよ」

「減らず口を……」

テランス様が珍しく食い下がってくる。そんなテランス様の様子にナイジェルは少し苛立ち、同時に困惑もしているようだった。これは割って入るべきよね。そう思いながら、わたくしが口を開こうとした時――。

「とはいえ、今日はナイジェル様が先約だしね」

テランス様はそう言って、わたくしの手を放した。彼は柔和な笑みをこちらに向けてから、軽く手を振る。

「楽しんできてね、ウィレミナ嬢」

「は、はい。テランス様」

一礼をしてから、ナイジェルとともに教室を出る。背中にテランス様の視線が刺さっているような気がするのは、きっと気のせいではないわね……。

学園を出て街へ向かう馬車に乗り込んでから、わたくしはため息をついた。するとナイジェルが心配するようにこちらに視線を向け、そっとわたくしの手を握る。わたくしからも握り返すとナイジェルの口元が少し緩み、ハッとした顔のあとに慌てて引き締められた。

「どうしました？　姉様。ため息なんて……」

「なんだか、少し気が重くて」

「もしや、テランスのせいですか？」

ナイジェルの目つきが険しくなる。この子は昔から、テランス様に対して当たりが強いわね。その理由は……最近になってようやく理解できたけれど。

「違うわ。婚約者候補の方々に結果的に不義理を働いている現状が……申し訳なくて」

テランス様とは同級だから、顔を合わせることが当然多い。そして顔を合わせるたびに、罪悪感が増していく。早く現状を打破して皆様にお断りができる状況にしないと、罪悪感で倒れてしまいそうだわ。

針の先で開けた穴程度の可能性ですら、今のわたくしには見えない。どうにか突破口を見つけて、それをこじ開けないと。

「では、早く陛下を倒さないといけませんね。そして私たちの関係を世に知らしめるのです」

ナイジェルはそう言うと不敵な笑みを浮かべる。わたくしもその笑みにつられて、少し笑った。

「陛下を倒すだなんてとても不敬な発言ね。誰かに聞かれて誤解をされたら、わたくし困ってしまうわ」

誰かに聞かれたら、別の意味として捉えられかねない。噂を聞きつけた反王派貴族がわらわらと押しかけてきそうで、想像だけで頭が痛くなるわ。

「最終手段のひとつとして、本当に『陛下を倒す』のもありかもしれませんね。陛下を廃し摂政としてガザード公爵を据えて、王子殿下のどちらかを王位に就ける。場合によっては、それが一番話が早――」

「それはなしよ、ナイジェル！」

「もちろん……冗談です」

冗談なら、その大きな間はなんなのかしら。じとりと見つめれば、爽やかな笑顔を返される。この子はたまにものすごい行動力を発揮するから……手綱をしっかり握っていないといけないわね。

馬車は街へとたどり着き、わたくしとナイジェルは本道へ足を踏み出した。

ナイジェルは甘やかな笑みを浮かべながら、わたくしの手を優しく引く。

「着いたばかりなのに、もう楽しくて仕方がありません」

機嫌よさそうに可愛らしいことを言われて、胸がきゅうと締めつけられる。

「わたくしも楽しいわ。お前と一緒だから」

恥ずかしいと思いつつも素直な気持ちを口にすると、ナイジェルは一瞬ぽかんとした顔をしたあとにわたくしの手をぎゅっと握った。手のひらに手を乗せるエスコートの形は崩れ、完全に『手繋ぎ』という様相になる。そんな繋ぎ方は、どう考えても護衛と令嬢らしくない。だけど姉弟なら、かろうじて許されるかしら。こんなことを考えないで手を繋げる日がくるように、頑張らないといけないのよね。

恐る恐るわたくしからも手を握り返せば、嬉しそうに微笑みかけられる。

「姉様の手、小さいですね」

「……お前の手が大きくなったのよ。小さい頃はあんなに小さかったのに。白くて綺麗で、羨ましかったわ」

幼い頃の義弟は、天使のように美しい少年だった。その美貌に気がつけば見惚れていたことなんて、何度あったかわからない。義弟は手の形や爪の先まで美しく、それを羨ましく思ったものだ。

「今の手のことは、どう思っていますか？」

「そうね」

立ち止まり、義弟の手袋を捲り上げる。すると、逞しく傷だらけの手が姿を現した。

……大人に、そして騎士となった義弟の手。

幼い頃のような無垢な美しさは存在しないけれど、とても素敵な手だと思う。訓練でついたのだろう、新しい治りかけの傷。それをそっと指先で撫でると、ナイジェルの体がびくりと震えた。

「あら？　どうしたの？」

「く、くすぐったくて」

ナイジェルはそう言うと、くすぐったそうに口元を緩ませる。その反応がなんだか可愛く思えてもう少し傷に触れたくなったけれど、その衝動をぐっと堪える。あまりからかうと、しっぺ返しが怖いものね。

「ごめんなさいね」

「……いえ」

手袋をもとに戻して、両手で義弟の片手を包む。見上げれば、ナイジェルの澄んだ青の瞳がこちらに向けられていた。

「たくさんの研鑽を積んだ、素晴らしい手だと思うわ。昔も今も、お前の手はとても素敵よ」

そう言って微笑んでみせれば、ナイジェルの表情がぱっと明るいものとなる。

「姉様！　嬉しいです」

彼があまりにもキラキラとした目でこちらを見つめてくるものだから、照れくさい気持ちになる。もう、わたくしの褒め言葉くらいで……。

「さ、せっかく街にきたのよ。立ち話ばかりじゃなくて、お店を見て回りましょう」

照れくささをごまかすように早口で言ってから、手をしっかりと繋ぎ直す。繋がれた手を見てナイジェルの顔がふにゃりと緩み、それを目にした通行人の御婦人数人が彼に見惚れて足をよろけさせた。我が家の義弟は、本当に罪作りだ。

「お前はどこに行きたい？」

「宝飾品店に行きたいです」

即座にそう返されて、わたくしは目を瞠った。

この子がこういうことを即断することもめずらしいし、アクセサリーの店に行きたいなんて言い出すことはさらにめずらしい。

「その。想いが通じ合った記念の……お揃いのものがほしいです」

周囲に聞こえないように、声を潜めながらナイジェルが言う。

想いが通じ合った記念にお揃いのものを買う。それは、素敵なアイディアのように思える。お揃いの指輪は持っているけれど、あれは偶然の産物だものね。意図的にお揃いのものを買うのははじめてだ。だけど……。

「いいのかしら。まだ、問題が片づいていないのに」

「いいんです。少しの回り道はあるかもしれませんが、私が姉様を手に入れるという未来が変わることはないのですから」

「まぁ」

ナイジェルは強気な口調で言うと、わたくしの手を引いた。

「店の見当はもうつけてあるんです。近頃、女性人気が高い店だそうですよ」

「まぁ、そんなお店があるのね」

「なんとかと言う、社交界で人気の御婦人お気に入りの店らしく。それで人気が出たのだとか」

「なんとか……？」

「申し訳ありません。姉様以外の女性には興味がないもので、きちんと覚えていないのです」

ナイジェルは悪びれない態度でそう結んだ。

「まぁ……」

あまりといえばあまりなナイジェルの言葉に、わたくしは口をぽかんと開けてしまう。

そういえばこの子、我が家にくるご令嬢の名前をほとんど覚えることがなかったわね。

ナイジェルが言う『なんとか』が誰なのか。わたくしには、なんとなく見当がついている。

それはおそらく……『クラウディア嬢』だ。

三大公爵家の一角である、レンダーノ公爵家。その当主の愛人である、平民の女性。レンダーノ公爵を魅了したその美貌は絶世のもので、平民であるのにもかかわらず貴族に負けない教養と類い稀なる服飾のセンスをお持ちなのだそうだ。

最初は彼女に対して冷ややかな態度を取っていた令嬢や貴婦人たちも、今ではすっかり彼女の魅力に夢中で信奉者も多い。もちろん、クラウディア嬢を敵視している方も多いと聞くけれど。

社交界にまったく興味がないナイジェルにまで届くくらいに、クラウディア嬢のお名前は広まっているのね。どんな方なのか気になるわ。そのうち、社交でお見かけすることもあるのでしょうけれど……。

クラウディア嬢のことを考えながらナイジェルに手を引かれて歩いていると、上品な店構えの店舗が立ち並ぶ一角へと差し掛かる。このあたりに、クラウディア嬢のお気に入りのお店はあるのだろうか。

「姉様は、どんなものがほしいですか？」

ナイジェルとお揃いで身に着けるもの。しかもそれは『両想い』になった記念の品なのだ。一生、大事にするものになることは間違いない。……慎重に選びたいわ。

「……悩ましいわね」

「…………悩ましいわね」

わたくしは眉間に皺を寄せつつ、同じ言葉をつぶやいてしまう。そんなわたくしを見て、ナイジェルはくすりと小さく笑った。

「では、訊き方を変えましょうか。ふだん遣いのものがいいですか？　それとも、特別な時に二人で着けるようなもの？」

なるほど。そういうふうに言われると、考えがまとまりやすそうね。

大事な記念の品だもの、絶対になくしたくないわ。ふだん遣いだと、うっかりなくしてしまいそうで怖い。だったら特別な時用の方ね。

「特別な日に身に着けるものがいいわ」

「そうですか。では、そうしましょう。どんなものがよいですか？」

「恋人たちの間では、相手の目の色をした石のブローチを贈り合うのが流行っているけれど……。わたくしの目の色だと、黒になってしまうのよね」

黒の石のブローチなんて、とても地味よね。華やかな目の色の方々が羨ましい。ナイジェルのように澄んだ空の色の青や、エルネスタ殿下のような燃えるような赤なんて本当に素敵(すてき)よね。

「姉様の目の色の石ですか。それは素敵ですね。その揃いのブローチとやらを、買いたいです」

……素敵かしら？　だって黒よ？　とても地味ではない？

「お前の目の色の方が素敵じゃない。綺麗な青空の色だもの。黒なんて、とても地味で――」

「黒は、銀や青に映えると思います。素敵な色です」

ナイジェルはわたくしの瞳を見つめながら、目を逸(そ)らさずにきっぱりと言った。

「まぁ」

子どもの頃にも、ナイジェルにそんなことを言われたような気がするわ。その時にはずいぶんと地味な色が好きなのね、なんて思っていたけれど。

「……嬉(うれ)しいわ」

自身が纏(まと)う色を好きだと言われることが、今はこんなに嬉しいなんて。地味だ地味だと思っていた黒のことも、好きになれそうな気までしてくるわ。わたくしは、とても単純ね。

ふにゃりと頬(ほお)が緩(ゆる)むのを感じる。引き締(し)めないとと思いつつも、お顔はなかなかもとに戻らない。

ナイジェルは笑い顔のわたくしをしばらく見つめてから、自身の口元を手で押さえた。

その白い頬は少し赤くなっており、口元はわたくしと同じく緩みきっている。

「姉様。そんな可愛らしいお顔をして……」

「可愛らしくなんてないわ。だらしないお顔だと思うの」

「可愛いです、とても」

「お前は本当にわたくしに甘いわね」

……この子の女性の趣味は変わっているわ。世の中には綺麗なご令嬢がたくさんいる。わたくしなんて、本当に地味な容姿なのに。それに性格もよろしくないし。なんといっても、意地悪な義姉だったのだもの。

「甘くありません。事実として姉様は可愛いのです。ほら、店に着きましたよ」

ナイジェルは話を締めると、わたくしにそう告げた。彼が視線を送る動きにつられ、わたくしも視線をやる。その宝飾店はお屋敷のように立派な店構えで、見るからに『貴族向け』といったふうだ。店外にまで客が溢れ出して整列しており、そのほとんどが富裕層という様子の男女である。

「……！」

整列している客の一人がちらりとこちらに視線を向ける。そして『氷の騎士様』の存在に気づいたようだった。彼女が友人らしき連れの女性に耳打ちをし、その耳打ちがほかの客にも伝わる。さざなみのように情報は伝わり、その場はにわかに騒がしくなった。

「氷の騎士様よ」

「氷の騎士様ですって？」

「ああ、まさかそのお姿を目にすることができるなんて……！」

女性客たちは口々に感嘆の声を上げ、中には卒倒しそうな様子の者までいる。『氷の騎士様』は、本当に大人気ね。こんなに美しいのだから、当然といえば当然なのだけれど。

ナイジェルに視線を向ければ、蕩けるような笑みで返される。その笑顔にとどめを刺された女性客数人がその場にくずおれる様子が見えて、わたくしはこれはまずいと感じた。

「……どうしたものかしら」

店に入りたいのなら、最後尾に並ぶべきなのはわかっている。だけどナイジェルが列に並ぶことで、いらぬ混乱を引き起こしそうな気がするのよね。

「別の店に行きましょうか、姉様」

ナイジェルもそう感じたのか、そんな提案をしてくる。

「そうね。そうしましょう」

わたくしはその提案に、即座に頷いてみせた。

社交界の華であるクラウディア嬢のお気に入りの店だ。店内を少し見てみたかったけれど、これでは無理ね。いずれ、来訪の旨を店側に伝えてから来るようにしましょう。

「あら、お帰りになってしまうのですか？」

店とは別の方向へと足を向けようとした時。そんなふうに声をかけられた。声の方を見て、わたくしは息を吞んでしまう。そこには目が離せないくらいに美しい、一人の女性が立っていた。

陽の光を編み込んだような明るい色の金の髪。それは流行りの形に結われており、造花があしらわれたつば広の帽子が形のいい頭に載せられている。派手な意匠で人によっては似合わないものなのでしょうけれど、彼女の目鼻立ちがはっきりとした愛らしい顔立ちにはよく似合っていた。木版プリントで紺の花があしらわれた青のドレスのスカートは流行りのクリノリンでふわりと大きく膨らんでおり、腰は驚くほどに細く引き絞られている。もともとの腰が細くないと、いくらコルセットで締めてもああはならないわよね。そしてお胸が……とても大きいわ。わたくしは自身の胸にそっと手をやり、愕然としながら肩を落とした。エルネスタ殿下といい、皆様なにを食べてあんな素敵な発育をしているのかしら……！

女性はわたくしたちに視線をやると、美しい緑の目を細めて愛らしい笑みを浮かべた。女性の後ろには、護衛らしき男たちが数人。彼らはわたくしたちに向けて教育の行き届いた綺麗な一礼をする。明らかに見目のよい男性ばかり揃えているし、なんだか綺羅綺羅しい集団ね。

「……どなたでしょうか。今までお会いしたことはありませんよね？」

ナイジェルが一歩前に出て、わたくしを隠すように立つ。そして女性に警戒を含む視線を投げた。ナイジェルの迫力のある視線に怯みもせず、女性はおっとりとした笑みを浮かべる。そして、丸みを帯びた愛らしい形の唇を開いた。

「無作法に声をかけてしまって申し訳ありません。ガザード公爵家のご姉弟とお見受けしたので、つい」

彼女は美しいカーテシーをする。その隙のない仕草は、まるで高位貴族のようだけれど……。

「お初にお目にかかります。私はクラウディアと申します。平民なので姓は持っておりませんの」

女性——クラウディア嬢は三大公爵家の一角であるガザード公爵家の者たちを目の前にしても揺るがない態度で、堂々と名乗りを上げた。

そんな気はしていたけれど、やっぱりそうなのね。

周囲の女性客たちの羨望の視線が、一斉に彼女に向けられたことには気づいていた。そして、連れている護衛の揃いの黒い騎士服にはレンダーノ公爵家の紋章が入っている。レンダーノ公爵家に属する騎士たちなのだろう。これで、クラウディア嬢だと気づかない方が難しい。

「貴女がクラウディア嬢だということは理解しました。私たちに……一体なんの御用ですか？」

ナイジェルは、私を背に隠したままで話を進める。この子は、いつでもわたくしに対して過保護ね。

「ナイジェル、そんな尖った態度を取らないの」

窘めながらくいと服の裾を引くと、ナイジェルはこちらに視線を向ける。そして、ほんの少しだけ警戒を緩めてくれたようだった。

「クラウディア嬢、はじめまして。ウィレミナ・ガザードよ」

一歩前に出て、わたくしも名乗る。彼女のような『特殊』な立場の方にどういう態度で接していいのか、これはなかなか難しいわね。平民だからと侮って下手を打てば、レンダーノ公爵家の不興を買いかねない。けれど必要以上にへりくだれば、ガザード公爵家の家名に傷がつく。失礼がないよう、ふつうに接すればいいのでしょうけど……。

「はじめまして、ウィレミナ様。お会いできて嬉しいです」

クラウディア嬢は微笑むと、小鳥のような愛らしい動作で細い首を傾げる。その仕草は同性から見ても庇護欲が刺激されるもので、見習いたいものだと心の底から感心してしまう。この愛らしさでレンダーノ公爵のお心を摑んだのね。

「お困りのようでしたので、一緒に入店なさらないかと思って声をかけてしまったのです。いらぬ世話でしたら申し訳ありません」

彼女はそう言うと、美しい形の眉を少し下げた。

なるほど。この店の人気の火つけ役である『特別扱い』のクラウディア嬢と一緒ならば、並ばずに入店できるということね。ガザード公爵家の子女子息であれば、それをしても周囲の不興を買うこともないだろう。だけど……。

「お申し出はありがたいのですが、遠慮しておきますわ。今日は別のお店に行こうと、義弟と話していたところでしたので」

レンダーノ公爵とガザード公爵家。両家の微妙な力関係のことを思うと、レンダーノ公爵家の関係者と公的な場以外で関わるのは得策でないように思える。だからわたくしは、微笑みを浮かべながらそう返した。

「あら、そうですのね。残念だわ……」

クラウディア嬢はそう言って、眉尻を大きく下げる。わたくしたちの会話を聞いていた周囲の女性客からも、落胆のため息が零れた。氷の騎士様を間近で見る貴重な時間が終わってしまうと感じたのだろう。

「では、失礼しますわね。クラウディア嬢」

「ふふ、嬢だなんて。私、ウィレミナ様よりも二十は年上なのです。クラウディアと呼び捨ててくださいませ」

すごい、とても二十も上には見えないわ。若さと美貌を保つ秘訣を、いつか訊いてみたい気もする。

「では、クラウディア。またお会いできる機会を楽しみにしていますわ」

「嬉しいお言葉ありがとうございます。光栄です」

クラウディアは微笑むと、ぺこりと頭を下げる。わたくしも軽く会釈をしてから、ナイジェルの手を引いて踵を返した。人目が多すぎるので、手はちゃんとエスコートの形で繋いでいる。

「……綺麗な人だったわね」

歩みを進めながら、わたくしはぽつりとつぶやいた。

清楚さと大人の女性の妖艶さを兼ね備えている……社交界の華となることが納得できる、美しい人だったわ。

「姉様の方が綺麗ですけれど」

ナイジェルはさらりと、そんなふうに言う。本当に、この子は。ほかの誰かに言われたら下手なお世辞だと思うのだろうけれど、ナイジェルが本気で言っているのだろうことはもう理解している。

「……お前は本当に、変わっているわ」

「ふふ、そうですか？」

ナイジェルは立ち止まると、わたくしの手をすいと持ち上げた。そして手の甲に何度か口づけをする。その柔らかな感触は心臓をどきりと揺らし、顔に熱を上らせた。

「姉様。お顔が真っ赤です」

「も、もう！　見ないで！」

ぷいと顔を逸らすと、くすくすと楽しそうな笑い声が耳に届く。わたくしったら、すっかりこの子に翻弄されてしまっているわね。

悔しくなって、ぐいとナイジェルの手を引き寄せる。そして、わたくしからも彼の手の甲に口づけをした。といっても、手袋の上からなのだけれど。

「ふふん。やり返してやったわよ！」

得意げな顔をしてナイジェルを見上げると……。

「――ッ」

ナイジェルのお顔は茹で上げられた海老のように、真っ赤になっていた。そんな彼のお顔を見ていると、わたくしの顔もさらに熱くなった。

……今のわたくしたちは、互いに赤の絵の具で塗ったように赤い顔をしているのでしょうね。

「ふふ」

なんだかおかしくなって、くすりと笑ってしまう。そんなわたくしの笑い声につられたのか、ナイジェルも真っ赤な顔のままで笑った。

「さて、どの店に行きましょうか」

ナイジェルがこほんと咳払いをしてから、デートを仕切り直そうとする。

そうね、目的のお店には行けなかったものね。学園があるため貴族の子息子女が通うことが前提の街だから、仕立てのよい宝飾品を販売しているお店はたくさんあるのでしょうけれど。

わたくし、学園でのお友達がほとんどいないから。どのお店が評判がいい、などの流行りの話には疎いのよね。

エルネスタ殿下とは最近仲がいいけれど、殿下もどちらかといえば浮き世離れしていらっしゃるし……。

「店を巡りつつ悩みましょうか。今日、無理に決めなくてもいいのですし」

「そ、そうね」

提案を受けて、わたくしはこくこくと頷く。そうよね。ナイジェルの言う通りにたくさん見て回って、今日ピンとくるものが見つからなければまた次の機会にすればいいのだ。

そう決めて、足を踏み出そうとした時——。

「ナイジェル！　やっと見つけた！」

背後から声をかけられた。ハスキーな、少し聞いただけでは女性か男性かわからないお声。ナイジェルをこんなふうに気安く呼ぶなんて、一体誰なのかしら。

「……エンシオ」

ナイジェルの口からため息とともに零れたのは、男性の名前だった。わたくしは、くるりと声の方を振り返る。

　するとそこにはナイジェルと揃いの騎士服を身に着けた、肩で切り揃えた燃えるような赤髪と青い目を持つ小柄な美少女が立っていた。その姿を目にしてわたくしは混乱する。

　ナイジェルと同じ騎士服を身に着けているということはどこかの貴族の私兵ではなく、国軍に属する騎士……つまりはナイジェルのご同僚なのよね。女性騎士は隊服の形が違うので、この方は男性で間違いない……はず。自信は正直ないけれど。

　男性の後ろにも数人の騎士がおり、皆騎士服を身に纏っている。

「どうやってここを嗅ぎつけたのです」

「学園に行ったら、街に出かけたって言われたから。必死に捜したんだよ」

「一体、なにをしに来たのです。今は姉様との大事な時間なのですよ」

「俺が来たってことは、マッケンジー卿のお仕事だってわかってるでしょ？　きんきゅーだよ、緊急！」

　エンシオと呼ばれた男性はそう言うと、愛らしく頬を膨らませる。それからわたくしに目線をやると、にっこりと満面の笑みを浮かべた。

「貴女が噂の『姉様』ですか？　わぁ、素敵な方だなぁ！」

「……エンシオ」

こちらに来ようとする彼の襟首をナイジェルが掴む。そして、わたくしとは少し離れたところに引きずっていった。

「これは同僚で、男爵家の三男だかなんだかだったと思います。これのことは、適当にエンシオとでも呼び捨ててください」

ナイジェルはエンシオを指差して、きっぱりと言った。今日は初対面の方を呼び捨てろと、よく言われる日ね。

「適当にとか、ナイジェルは失礼だなぁ。公爵令嬢に様付けで呼ばれる身分じゃないし、呼び捨ての方が気楽だからいいけどさ」

彼は茶目っけたっぷりに言ってから……表情を真剣なものへと一変させた。

「それはそれとして……マジのマジで緊急だから、早くきて」

エンシオは声のトーンを落として言う。それを聞いて、ナイジェルは深いため息をついた。

「もう少しだけ、待てませんか?」

「無理。マッケンジー卿に、俺たち大激怒されちゃうよ?」

「……そうですか」

ナイジェルは眉尻を下げると、悲しげなお顔になる。彼はこちらに来ると、わたくしの片手を包み込むようにして握った。

「姉様、申し訳ありません。本当に緊急のようなので、その」

公爵令嬢の護衛の任よりも優先順位が高い任務なのだ。わがままを言って留め置くわけにはいかない。

「わかっているわ。お出かけはまたにしましょう?」

「……申し訳ありません」

しゅんとしたナイジェルの様子は、悪いことをした子犬のようだ。わたくしは手を伸ばして、ナイジェルの頭を優しく撫でた。

「お仕事を頑張るナイジェルは、素敵だと思うわ」

「ほ、本当ですか」

「ええ、本当」

……お揃いのブローチを買えなかったのは、とても残念だけれど。

またお出かけをして、その時に買えばいいのだものね。

「ほら、早く早く」

「せめて、姉様を学園まで……」

「それはほかの者に任せればいいでしょう」

エンシオはそう言うと、ナイジェルの腕を引く。彼に引きずられるナイジェルに手を振って見送ってから、わたくしはエンシオが連れてきた騎士たちに送られて学園の寮へと戻ったのだった。

　エンシオとともに馬車に乗り、私は王都へと向かっていた。

「ナイジェル。その顔、怖いから嫌だなぁ」

　道中不機嫌でいると、エンシオが嫌な顔をする。……仕方がないだろう。せっかくの、姉様とのデートだったのに。それが中断させられてしまったのだから。お揃いのブローチも、結局買えなかったしな。

　——姉様と心が繫がっているという、その証がほしかったのに。

　アクセサリーを買うどころか、デートは中途半端に終わってしまった。

「……姉様は、無事に寮へ戻れたでしょうか」

「大丈夫だよ。戻れたに決まってるでしょう。マッケンジー卿の部下は皆優秀なんだから！」

　エンシオはそう言って胸を張る。たしかに、エンシオを含むマッケンジー卿の配下である近衛騎士たちは優秀だ。それでも、大事な姉様の御身のことなのだから心配になってしまう。

「先輩が大丈夫だと言ってるんだから、信用してよ」

エンシオがそう言うと、にかっと笑う。その笑い方からは、マッケンジー卿の強い影響が感じられる。部下は上司に似てしまうのだろうか。似ないように、気をつけないといけないな。

エンシオは私よりも長くマッケンジー卿に仕えている。華奢な見た目によらず剣の腕はたしかなのだが、諜報の方がさらに得意で、マッケンジー卿にその手腕を買われて国の方方に走らされている。

傍から見ていて過労で倒れないかと心配になるこき使われぶりだが、マッケンジー卿信者であるエンシオはどれだけ仕事を押しつけられても楽しそうだ。

……私だって、姉様のためならいくらでも働ける。それと同じことなのかもしれないな。

「それはさておき、君の姉様は本当に愛らしい人だったな。高位貴族のご令嬢だからかな。世間擦れしてなくて、すごく純粋そうというか。清楚とはああいう人のことを言うんだろうな」

エンシオは聞き捨てならないことを言いながら、少し鼻の下を伸ばす。

……姉様はガザード公爵家のご令嬢であることを差し引いても、素敵な人だ。気高さと無垢さを同時に感じさせる上品で清楚な容貌をしていらっしゃり、それは男たちの庇護欲をそそる。その美しさは年を重ねるごとに増している。

「姉様に手を出したら……」

「出さない出さない！　そんな怖い顔しないでよ！」

凄んでみせると、エンシオはぶんぶんと首を横に振る。

「そもそもが、手を出せるような身分の人じゃないしさ。婚約者候補の面々も実に豪華な顔ぶれじゃないか。特にメイエ侯爵家の――」

「黙れ」

テランスの名など、今は特に聞きたくない。

テランスは……見目がよく聡明だ。ガザード公爵が高く評価しているのだから、メイエ侯爵家もなんの瑕疵もない素晴らしい家なのだろう。悔しいが、姉様に相応しい男であることはたしかである。

私も……面倒な立場ではなく、テランスのような立場に生まれていれば。

姉様の隣に立つ権利を得ることが、今よりたやすかったはずなのに。そんな羨望が胸に湧き、それはどす黒い感情へと変わっていく。

「うわ、顔こわ……」

エンシオはぽつりとつぶやいてから、私から視線を外し窓の外へと向けた。その頬には一筋の汗が伝っている。そんなに……恐ろしい顔をしていただろうか。

ひとつため息をついてから、私も窓の外へと視線を向ける。

……どうにもならないことを羨ましがっていても、仕方ないな。

それに。この身に流れる王家の血は姉様との仲を裂こうとしているが、同時に姉様と引き合わせてくれた血でもあるのだ。

そんなことを考えている間に、馬車は王都へと近づいていく。

馬車は王都へ、そしてマッケンジー卿の街屋敷へとたどり着き。屋敷の応接間に通された私は——非常に渋い顔をしたマッケンジー卿と対面することになったのだった。

「……マッケンジー卿」

「ナイジェル、急に悪かったな。エンシオもご苦労さん」

マッケンジー卿はそう言うと、私たちに長椅子に座るよう勧める。エンシオはマッケンジー卿にねぎらわれたことが嬉しかったらしく、「いえいえ、こんなことくらいお安い御用ですよ」などと言いながらその美少女顔を笑み崩れさせていた。本当に、この男はマッケンジー卿信者だな……。

「さてと、だ」

マッケンジー卿は私たちの正面の椅子に腰を下ろすと、思案顔になる。そしてしばらくしてから、口を開いた。

「元王妃ダニエラと第一王子エヴラールが……三日前に幽閉先から姿を消した。そこのエンシオやほかの部下に行方を探らせてはいるんだが、人手はいくらでもほしい。それでお前も呼び寄せたわけだ」

真剣な表情で告げられた言葉の衝撃に、私は目を瞠った。

元王妃と第一王子が逃げた、だと？

元王妃はご側室が産んだ王子殿下と私の暗殺を企み、それに失敗。今は幽閉されている……はずだった。

以前は元王妃に命を狙われていた私だ。マッケンジー卿は私に何事もなかったかの、確認もしたかったのだろう。

「そういうことなんだよね。ほら、緊急でしょ？」

エンシオはそう言うと、軽く肩を竦める。たしかに、緊急だな。

「元王妃はエヴラール殿下を立てての、蜂起を企んでいるのでしょうか」

元王妃はエヴラール殿下の御即位を心の底から望んでいた。失脚してからも、その夢を捨てられずにいたということだろうか。もしくは……燃え尽きかけていたその野望に、誰かがふたたび火を点けたのか。

「十中八九そうだろうな。元王妃と第一王子が独力で、逃げて身を隠すなんてことは不可能だ。しかし、元王妃の生家であるデュメリ公爵家は取り潰されて存在しない。じゃあ誰が……彼らに手を貸してるんだ？」

マッケンジー卿は、眉間に寄った皺をとんとんと指先で叩く。エンシオは小さく唇を尖らせると、腕組みをした。

「陛下はやり手だけれど、少々癖のある性格だからなぁ。敵は多いから、手を貸しそうな心当たりは結構多いよねぇ」

「そうだな。陛下の言うことや選択自体は、大抵の場合は間違っちゃいないんだが。人の気持ちを考えて折衝することはかなり苦手とされているからな」

エンシオの言葉に、マッケンジー卿は苦笑をしながら同意を示す。

「それは……わかるような気がします」

お会いした時の、陛下の様子を思い返す。あれはたしかに我が強そうだ。

……だから側近として、ガザード公爵のような人物が必要なのだろう。

平素彼が忙しくしている理由の一端が、見えたような気がする。陛下と周囲の緩衝材として、日々駆け回っているのだろうな。

マッケンジー卿は私に視線をやる。私は嫌な予感を覚えながら、彼の瞳を見つめ返した。

「すまんが、ウィレミナ嬢の護衛の任からはしばらく離れてもらう。いいな」

選択肢などなくそう言われ、ふだんなら反発を覚えるところだが……。事が事だけに、今回ばかりは反発の気持ちが湧くことはなかった。

デートが中断されてしまった日の翌日。

「わたくしの護衛の任を……しばらく外れる？」

「はい、長期での任務が入ってしまいまして」

早朝から寮の部屋へとやってきたナイジェルの言葉を聞いて、わたくしは呆然としてしまった。

視界に入るナイジェルのお顔は、冗談を言っている様子ではない。どこからどう見ても真剣なものだ。そんなお顔をするほどの、重要な任務が入ったのね。

「それは、マッケンジー卿の任務なのかしら。昨日の呼び出しは、その用件だったのね」

「……はい、そうです」

「大変な任務なの？　どれくらいで戻ることができるの？」

矢継ぎ早に訊ねれば、ナイジェルの形のよい眉がぐっと下がって困り顔になる。

「……申し訳ありませんが、姉様だとしても任務の内容は欠片たりとも漏らせないのです」

「そう……。そうよね、ごめんなさい」

マッケンジー卿から下る任務は内容を明かせない重要なものばかりだと、ナイジェルに聞いたことがある。わたくしにだって、それは話せなくて当然だ。

ナイジェルはわたくしの手を取ると、苦悩の滲む表情で口づける。続けて、手のひらに頬ずりを繰り返した。甘えっ子の子犬みたいだこと。しばらく頬ずりを繰り返してから、ナイジェルは長いまつ毛に囲まれた青の瞳をこちらに向ける。そして、とても大きなため息をついた。

「非常に遺憾なことですが。姉様の護衛には別の者がつきます。騎士学校時代の友人で、少しばかり軽薄ですが信頼できる男です。だから安心してください。彼を護衛につけることに関してはお父様にも許可を取っておりますので」

「まぁ、騎士学校時代のご友人？」

人を寄せつけない雰囲気のナイジェルにも、ちゃんと友人がいたのね。離れていた間に友人の一人や二人できていても、まったくおかしくないわけだけれど。この子はお友達の話なんてちっともしないから、少し驚いてしまったわ。ご同僚であるエンシオとも仲がよさそうだったし……あの方も『お友達』枠だったりするのかしら。ナイジェルは、もしかしてわたくしよりもお友達が多いんじゃなくて？　す、少しだけ羨ましいわ。

エンシオ様は明るいお方だったけれど、護衛になる方は――軽薄――いいえ、軽妙な方なのね。

ナイジェルのお友達は、陽気な方が多いのかしら。そういう方じゃないと、空気を敢えて読まずに強引にナイジェルの内側に踏み込めないのかもしれないわね。

「はい、もう部屋の外に待たせておりますので」

「そうなのね。では、早くお迎えしないと――」

「……その前に」

目の前が急に、真っ暗になった。そして、背中を優しく締めつけられるような感覚を覚える。……ナイジェルに抱きしめられたのだ。

「ナイジェル？」

「任務の前に……少しだけ姉様の補給を」

「補給って。お前はなにを言っているのよ」

「……姉様と離れるのが、寂しいです」

「そうね、わたくしも寂しいわ」

ナイジェルの背中を優しく擦ると、抱きしめる腕の力が強くなる。うう、内臓が出そうに苦しいわ。だけど……。ナイジェルからの執着を感じられるからか、どこか心地よくもある。

「ナイジェル。無事でいてね」

……笑顔でこの子を送り出し、遠くから身を案じることしかできない。わたくしは、なんて無力なのかしら。

「はい、無事に戻ります」

ナイジェルは身を離してから、柔らかな笑みを浮かべる。この笑顔をしばらく見られないのだと思うと、気分が少しばかり沈んでしまう。

「手紙を……送ってもいいかしら？」

「ぜひ、送ってください。王宮の近衛騎士団本部に送っていただければ、私に転送してもらえますので」

ナイジェルの所属は近衛騎士団ではないけれど、マッケンジー卿の直属として動くからその送り先なのだろう。

「ふふ、ではそちらに送るわね」

「私もできる限り手紙を送ります」

「楽しみにしてるわ」

微笑み合っていると、ナイジェルの美貌が近づいてくる。そして、甘えるように鼻先同士を擦り合わせられた。ナイジェルの頬に片手で触れて、わたくしからも鼻先を擦り合わせる。まるで、猫のご挨拶みたいね。

「姉様のことを、毎日考えますね」

こつんと額同士を合わせられ、小さくつぶやかれる。

「馬鹿ね、わたくしのことなんて考えずに任務に集中しなさい。上の空になって、怪我をしたらどうするの。お前が怪我をしたら、悲しいわ」

「では任務に集中しながら、姉様のことを考えます」

「もう。ナイジェルったら」

本当に困った子。だけどそんなところが、愛おしく思えてしまう。

「わたくしも、毎日お前のことを考えるわ」

「姉様……！」

「任務から戻ったら、今度こそお揃いのブローチを買いましょうね」

「はい、姉様！」

ナイジェルが満面の笑みを浮かべながら、こちらに顔を近づけてくる。続けて、額やつむじに雨のような口づけが降ってきた。

「ふふ、くすぐったい」

「……お嫌ですか？」

「もう、嫌じゃないわ。ナイジェル、少し屈んで？」

私の意図を感じ取ったのか、ナイジェルは驚くほどの速さで身を屈ませた。そのあまりの素早さにおかしくなってしまい忍び笑いを漏らしつつナイジェルの両肩に手をかけ、白い頬にそっと口づけをする。唇をしばらく頬に留まらせてから離し、もう一度同じ動作を繰り返す。そうして義弟の顔を見れば、彼は非常に満足そうな笑みを浮かべていた。わたくしの口づけくらいでそんなふうに満たされた顔をして……少し嬉しくなってしまうわ。

「女神の口づけを頬にいただいたので、任務の成功は確実ですね」

義弟はうっとりとした笑みを浮かべながら、そんなことを言った。

「わたくしの口づけに、そんな効果はないわよ」

「いいえ、あります」

ナイジェルの顔はあくまで真剣なものだ。そんな効果は絶対にないと思うのだけど……。いえ、あってほしいわね。だってこの子に無事に帰ってきてほしいもの。

「あの、そろそろ入っても大丈夫ですかね？」

「あっ……！」

扉の外から困惑気味の男性の声が聞こえて、わたくしはナイジェルのご友人が来ていることを思い出した。これからしばらくの間護衛をしていただくのに、失礼なことをしてしまったわ！

ナイジェルからぱっと身を離して、少し乱れた髪を手櫛で整える。そしてこほんとひとつ咳払いをし、わたくしは口を開いた。

「どうぞ、入ってくださいませ」

入室の許可をすれば、一人の男性が部屋へと入ってきた。見上げるほどの長身だけれど、体形はどちらかといえば痩躯。彼は緩いウェーブがかかった濃い茶色の髪を無造作に一つに束ねており、それを首筋のあたりから前へと垂らしている。彼から漂う雰囲気はどこか気怠げで、その整った顔立ちは色香を感じさせるものだ。年齢はわたくしたちよりも、いくつか年上に見えるわね。騎士学校には年齢の規定はないから、同学年でも同い年とは限らないのだ。

彼はわたくしの姿をオレンジ色の瞳で捉えると、にこりと人好きのする笑みを浮かべた。

「はじめまして、ウィレミナ嬢。バルドメロとお呼びください」

「はじめまして、ナイジェルの姉のウィレミナ・ガザードよ。急なことなのに来てくださったこと感謝します」

「ありがたいお言葉、恐悦至極にございます」

バルドメロは優美な仕草で、その場に跪く。そしてわたくしの手を取ると甲に口づけをしようとした。しかし、彼の唇が手に届くことはなかった。ナイジェルが間に割って入り、わたくしを抱きしめたのだ。彼の腕の中で、わたくしは目を白黒させる。そんなわたくしたちを……というよりナイジェルを、バルドメロは呆れたような表情で見つめた。

彼は不服げな顔をしながら、ナイジェルを睨めつけ立ち上がる。

「噂に違わぬ『姉べったり』ぶりだね。心が狭いよ、ナイジェル」

「心が狭くて結構です。貴方のような軽薄な男の唇が触れると、姉様が汚れてしまいます」

「君が忙しいからと護衛の任を受けたのに。恩人に対して失礼だね、君は」

「それとこれとは、まったく話が別ですから」

二人は遠慮のない言い合いをはじめる。わたくしはその様子を、目を丸くしながら見つめるばかりになってしまった。

……これは、仲がいいということでいいのよね？　見ようによっては、気安いように見えるわね。たぶん、きっとそうよね。

「私がいない間に、姉様に手を出すようなことはしないでくださいよ」

鋭い視線でバルドメロを射貫きつつ、ナイジェルがお馬鹿なことを言う。この子ったら、いつものことだけれど必要以上に警戒しすぎなのよ。わたくしのような地味な女、バルドメロは歯牙にもかけないと思うわ。

「そんなことはしないよ。友人の大事な方に手出しをするような不義理は、俺も嫌いだ。それは君も知っているだろう？」

「そうですね。だからこそ、貴方を選んだのでした」

「……わかっているのなら、突っかかるような真似はやめてくれ」

ナイジェルとバルドメロの言い合いは、一旦収束したらしい。

「名残惜しいけれど。……いってらっしゃい、ナイジェル」

「はい、姉様。いってきます」

後ろ髪を引かれる気持ちになりつつも、ナイジェルのことを寮の外まで見送る。名残惜しいのは彼も同じのようで、わたくしの方を何度も振り返った末にようやく馬車に乗り込んだ。

第三章　わたくしは別れを告げ、一歩踏み出す

　ナイジェルが任務に出てから、二週間が経った。

　任務によるナイジェルの不在を知ると、一部の女生徒たちは酷い落ち込みと憔悴ぶりを見せた。『氷の騎士様のお顔が見られないのなら、学園に来る意味がない』などと言い出す方までおり、学園に一体なにをしに来ているのだろうと訝しく思ったものだ。

　そんなご令嬢たちも、わたくしの新しい護衛――バルドメロのお顔を見ると一斉に頬を赤く染めた。バルドメロも相当な美形だものね。しかもナイジェルとは違い、女性たちへの人当たりがいい。わたくしの護衛は、またしても女生徒たちに大人気となってしまったのである。

　学園の授業も終わって、放課後になり。わたくしは自室で、ナイジェルへと送る手紙をしたためている。

『ナイジェル、元気にしていますか？　先日はお手紙をありがとう。今も変わりなく過ごしている？　ちゃんとご飯を食べなければダメよ。それと、どれだけ忙しくてもきちんと睡眠は取りなさい。健康はちゃんとした食事と睡眠から作られるのだから――』

相変わらず、可愛げのない文面ね。恋しいとか、会いたいとか。そんな言葉を義弟へ送る手紙に連ねるわけにはいかないから……どうしても簡素な文面になってしまうのもあるけれど。

そんなことを思いながら、ナイジェルへの手紙の続きを書くために筆を走らせる。

ナイジェルが騎士学校に行き、その後マッケンジー卿の直属になったことにより数年間彼と会えない時期があった。その時にも、手紙のやり取りをしていたのだけれど……。

「心のありようが違うと、手紙を綴る時の気持ちもこんなに違うものなのね」

昔は意地悪をしていたことへの謝罪をしなければと。それればかりを思いながら彼に手紙を書いていた。

だけど今は……。手紙を書きながら、あの子に会いたいとばかり願っている。自分にこんな寂しがりの一面があるなんて、はじめて知ったわ。これが、人を好きになるということなのかしら。

ふっと吐息を零し、書き終えた手紙にブロッターを押しつけインクを吸い取らせる。封筒に枚数が多くなりぶ厚くなってしまった便箋を収めて封蝋を捺し、手紙を届けてもらうためにエイリンをベルを鳴らして呼ぶ。ベルが鳴ってしばらくしてから、足音も立てず静かにエイリンが部屋へと現れた。

「お嬢様、御用でしょうか」

「ナイジェルへの手紙を送ってほしいの」

「承知しました、お嬢様」

エイリンは微笑み、わたくしの手から手紙を受け取る。そして、封筒の分厚さに少し驚いた顔をした。

「……つい、分厚くなってしまったの」

「ナイジェル様も、お喜びになると思いますよ」

「そうかしら？」

体の心配をしたり、睡眠の心配をしたり、わたくしの日常がつらねてあったり。そんなことばかりの、色気がなさすぎる手紙だ。こんなものでも、義弟は喜んでくれるかしら。

「ええ、絶対にお喜びになりますよ。あのナイジェル様なのですし」

『あの』という部分が、少しばかり引っかかる。エイリンから見ても、ナイジェルは『姉べったり』なのかしら。きっと……そうなのでしょうね。あの子の剝き出しの好意に長い間気づいていなかったわたくしが、鈍かったということかしら。

「実はナイジェル様から、お嬢様宛てのお手紙が届いておりまして。お渡ししようと、ちょうど思っていたところだったんです」

エイリンの言葉に、わたくしは目を丸くする。先日もらった手紙の返事を今書いているところだったのに、新しい手紙がもうくるなんて。

「まぁ。あの子ったら、わたくしが返事を書く前に手紙を送るなんて……。なんだかせっかちね」

エイリンから入れ替わりに封筒を差し出され、それを受け取る。するとそれは、わたくしのものと同じく分厚いものだった。手に伝わる重さから察するに、わたくしのものよりも枚数が多そうだわ。

「それと、テランス様からのお手紙も届いております」

言葉と同時にさらにもう一通の封筒を差し出される。その差し出し主の名前に、わたくしは目を丸くした。

「テランス様から……？」

「はい、渡してほしいと先ほど頼まれまして」

テランス様とはクラスが同じで、いつでも話ができる。だから、こんなふうにお手紙を渡されることはめずらしい。なにか内密の用事なのかしら……。

近頃のテランス様の様子を思い返す。彼は思い詰めた様子でいることが多く、その憂い顔も素敵だと同級の方々が騒いでいたわね。

……憂い顔の原因を訊ねたこともあるのだけれど。

『ちょっと気になることがね。気にかけてくれてありがとう、ウィレミナ嬢』とさらりと躱されてしまった。あの憂い顔に関わるお話なのかしら。

「ありがとう、エイリン」

「いいえ、お嬢様」

エイリンはにこりと笑ってから、ナイジェルへの手紙を出しに部屋を出ていく。二通の手紙を机に並べて、どちらから開封するかわたくしは思案しはじめた。

「テランス様のお手紙から、確認しましょう」

一言つぶやいてから、テランス様のお手紙の封筒にペーパーナイフを入れて開封する。急ぎのご用事かもしれないし、まずはこちらを確認しないと。

テランス様のお手紙に目を通す。エンボス加工で愛らしいレースがあしらわれた便箋に、テランス様の整った美しい文字が刻まれている。その文字に目を走らせると――。

最初は季節の挨拶と、急に手紙などを送って申し訳ないという謝辞から。そしてしばらく雑談のような文が続く。手紙の意図が読めないまま、便箋を捲って二枚目に目を通す。二枚目の文面を読み進め……わたくしの顔は蒼白になった。

『君の弟君のことで、話をしたいことがあってね。明日の放課後にでも、時間を作ってくれると嬉しいな』

改まってするような、ナイジェルの話。嫌な予感しかしないわね。

――まさか。ナイジェルの正体にテランス様は行き着いたのだろうか。

――そうだとして、一体なにを言われるのかしら。

——なんらかの要求をされたりするの？

——いえ。テランス様のような誠実な方が、そんな卑怯なことをするはずがない。

いろいろなことを想像してしまい、わたくしは百面相をしてしまう。だけど、この会談の機会をお断りするという選択肢も当然ない。ほかでもない、大切なナイジェルの話なのだから。

翌日。授業がはじまる前にお手紙の返事をしようとテランス様の席まで行くと、彼はいつも通りに女生徒たちに囲まれていた。

わたくしの存在に気づいているのかいないのか。女生徒たちはテランス様を取り巻いたままで離れる気配がない。

「テ、テランス様！」

女生徒たちの熱気に気圧されながらも声を出せばテランス様がわたくしの存在に気づき、席を立ち上がった。

テランス様を取り巻いていた女生徒たちは、渋々という様子でこちらに一礼をしてからわたくしたちから距離を取る。わたくしはテランス様に近づき、軽く一礼をした。

「おはようございます、テランス様」

「おはよう、ウィレミナ嬢。今朝も綺麗だね」

テランス様は笑みを浮かべて、てらいなく言う。

「あ、ありがとうございます」

わたくしはぎこちなく、その賛辞を受け取った。

「あの、テランス様」

「なに？　ウィレミナ嬢」

「お手紙ありがとうございます。テランス様さえよければ、今日の放課後お話しできませんか？」

「もちろん、ご一緒するよ。そうだね……談話室を借りようか」

学園には生徒に貸し出しをしている談話室がいくつかある。そこならば内密の話もできると思い、わたくしはこくりと頷いた。

その日の授業の間。わたくしはずっと上の空だった。授業の内容は一切頭に入っていないので、落ち着いたら復習をしないといけないわね。ガザード公爵家の娘が、粗末な成績なんて取れないもの。

そして、放課後。テランス様とわたくしは談話室へと向かった。もちろん、護衛であるバルドメロも一緒だ。談話室の予約はテランス様の従者の一人……オレイアがしてくれており、扉を開けると彼が出迎えてくれる。オレイアは向かい合って座ったわたくしたちにお茶を用意してから、美しい一礼をして部屋を出ていった。

「ウィレミナ嬢。お話の機会を作ってくれてありがとう」

「い、いえ」

「君の護衛には退席してもらってもいいだろうか」

テランス様はそう言いながら、バルドメロに視線をやる。バルドメロはわたくしの判断を仰ぐために、こちらに目をやった。

「いいかしら、バルドメロ」

「はい、ウィレミナ嬢。廊下におりますゆえ、なにかありましたらお声をかけてください」

バルドメロはそう言うと、礼をしてから部屋を出ていく。そして談話室には、わたくしとテランス様だけが取り残された。

……沈黙が重いわ。

どんな話をされるのかしら。自然と大きくなる心臓の音を意識しながら、わたくしはテランス様の言葉を待つ。

「ウィレミナ嬢。率直に言うけれど……君とナイジェル様は血が繋がっていないね。そして、彼は『やんごとなき』身の上なのだろう？」

テランス様のその言葉は、矢のように鋭く放たれた。あまりの率直さに虚を衝かれ、取り繕うことができずにわたくしは愕然とした顔を晒してしまう。わたくしの表情は……なによりも雄弁にそれが事実であることを物語っていただろう。

ああ、失態だ。お父様ならば、こんな反応はしないのでしょうに。

テランス様はわたくしの顔をしばし眺めてから、ふっと口元を緩める。そして、紅茶を一度口にした。

ごまかさなければ。そんな気持ちが湧いたけれど、わたくしはそれを考え直す。テランス様がこのような言葉を口にするということは、彼はもう確信を得ているという証左だろうから。

ならば。テランス様がどこまで知っていて、知った結果どうしたいのかを知るのが大事だ。

わたくしは表情を引き締めると、テランス様に視線を向けた。

「どこまでご存じなのですか?」

「ナイジェル様は王族で……さらに言えば王弟殿下のご子息なのではないかな」

さらりとテランス様は言う。確信は得ているけれど、確定的な証拠は不足している。そんな口ぶりだ。

「それは、どのようにして知ったことなのですか?」

「私がまず推測を立て、推測を立証するための証拠を従僕に集めてもらったんだ。だから推論の部分も多いよ」

「……そうなのですね。そうだったとして、貴方はなにを望むのですか」

テランス様のことだ。このことを口外するようなことはしないだろう。それは王家とガザード公爵家を敵に回すことにほかならないから。

けれど……この事実の『使いよう』は、いろいろあるに違いない。

「ウィレミナ嬢、そんな顔をしないで。誰にも言うつもりはないから」

テランス様はわたくしに微笑みかけると、ふっと小さく息を吐いた。

「ここからが本題だ」

「本題、ですか」

「ナイジェル様のご様子は昔から姉に対するものにしては過剰だったけれど。近頃はウィレミナ嬢も……彼に特別な感情を抱いているような気がしてね」

なにを言っていいのかわからない。わたくしは言葉に詰まりながら、テランス様を見つめるばかりとなってしまう。

「ねぇ、ウィレミナ嬢。私にはもう……貴女と結ばれる道はないのだろうか」

彼の目がまっすぐにわたくしを射貫いている。その真摯な瞳に映るわたくしの顔は、泣く寸前のように歪んでいた。たちまちに視界が歪み、前が見えなくなる。

「……ごめんなさい。わたくしは彼を愛しております」

嗚咽とともにわたくしは吐き出し、処刑を待つ罪人のように頭を下げてテランス様の反応を待った。

「そうか、それが聞けてよかったよ。これで諦めがつくというものだ」

耳朶を打ったのは、柔らかな声音。だけどその声音には、明らかに深い悲しみが宿っていた。

「……テランス様」

「実はね。親戚筋のドオレノ公爵家から養子になって、跡継ぎにならないかという打診がきていてね」

テランス様から出た言葉に、わたくしは目を瞠った。

「跡継ぎに、ですか」

「うん。そちらの家の嫡男が、先日病で亡くなってしまったからね。だから私に話が回ってきたわけだ」

これはメイエ侯爵家にとっても、テランス様にとってもよい話だ。けれど……。他家の跡継ぎになるということは、『入り婿』を求めているガザード公爵家の……わたくしの婚約者候補からは自動的に外れるということになる。

「私にも君の隣に立つチャンスがまだあるのなら、断ろうと思っていたんだ。だけど……無理なようだね」

「テランス、様」

「君のことを……本当に愛していたよ」

テランス様はそう言うと、寂しそうに微笑む。その微笑みを見つめていると、瞳からまた涙が零れ落ちた。雫は次々と頬を濡らし、それでも止まることはない。

濡れた頬や目元を手のひらで拭っていると、頭に優しい手が触れる。いつの間にか、テランス様が側にきていたのだ。目が合うと、テランス様は口元に笑みを浮かべた。子どもの頃からたくさん目にした、テランス様の優しい笑顔だ。

「ウィレミナ嬢。泣かないでくれ」

「テランス様……」

「ごめん、困らせるつもりはなかったんだ。先方に了承の意を伝えるよ」

わたくしは深々と頭を下げた。するとテランス様が息を呑む気配がする。

「婚約の意思がないことをお伝えできなかったこと……お詫び申し上げます」

状況がどうなるかわからない。陛下やお父様に口止めをされている。そうはいっても不誠実を働いたのは……わたくしの所業だ。

「気にしないで、ウィレミナ嬢」

優しい声が、頭の上から降ってくる。テランス様が側へとやってきたらしい。頬に手が触れ、優しく顔を上げさせられる。

「ふだん不義理なんてしない君だ。ナイジェル様との婚約が発表されていないことといい……なんらかの事情があるのだろう？」

……この人は、どこまで優しいのだろう。

この優しい人には、どうか幸せになってほしい。

「ほら、もう泣かないで。笑って、ウィレミナ嬢」

テランス様はそう言いながら、わたくしの頰の涙を指先で拭う。

「わかりました、テランス様」

口角を上げて、無理やりに笑顔を作る。不格好で、ちっとも見られない笑顔だろうに

……。テランス様はわたくしの顔を見て、嬉しそうに頰を緩ませた。

「うん。やっぱり、笑っている貴女はとても素敵だ」

「ふふ、テランス様ったら」

「本気だよ。ずっとずっと、そう思っていたんだ」

テランス様の顔が近づき、額に優しい口づけが降ってくる。

「テランス様……！」

声を上ずらせながら赤くなりつつ額を手で押さえるわたくしを見て、テランス様はくすくすと笑い声を立てる。

「最後に、これくらいはね？」

そして、唇に指を一本添えつつ悪戯っぽい笑顔で言う。

その笑顔につられて、わたくしも笑ってしまった。

「未来には当主同士として関わることになるだろう。ガザード公爵家の女公爵とよい関係を築けることを願っているよ」

「それは、わたくしもです。テランス様がご当主なら……ドオレノ公爵家とは、きっとよい関係が築けますね」

「ふふ、そう言われると重圧を感じるな」

テランス様はおどけたように言うと、柔らかな笑みを浮かべた。

「……振られましたか」

談話室を出るウィレミナ嬢を見送ってから一人ですっかり冷めた紅茶を飲んでいると、入室してきたオレイアが、傷口を深く抉るようなことを言った。

私は苦い顔をしながら、歯に衣着せずな従僕を横目で見やる。

「これでもかなり落ち込んでるんだ。もう少し、言い方を考えてくれないか」

「それは失礼いたしました」

オレイアは咳払いをすると、こちらにやってくる。そして、眉尻を下げた困り顔で私を見つめた。

「ガザード公爵令嬢は、男性を見る目がありませんね」

「オレイア、下手な慰めだな」

「本音ですよ。国中を探しても、貴方に勝る男性はなかなかおりません」

そう言うオレイアの表情は真剣なものだ。それを見ながら、私は口元に苦笑を浮かべた。

「そのセリフは、ウィレミナ嬢に言ってほしかったんだけどなぁ」

うんと伸びをして、長椅子から立ち上がる。その拍子に、目の端からぽたりと涙が零れ落ちた。なぜだか滴り続ける雫を、私は慌てて手のひらで拭う。

「これから忙しくなります。泣いている場合ではありませんよ」

「わかっている。当主となるのなら領地経営の勉強をもっと詰めなければならないね」

跡を継ぐのは、我が家よりも家格の高い公爵家だ。先方は私の能力を高く買ってくれており、父も兄も賛成してくれた。未来の当主に相応しいよう、勤勉を心がけねば。どこかの家の当主になるという想定をして生きていなかったので、足りないものがたくさんあると思うしね。

「婚約者も……ちゃんと探さないとな」

「勉強はともかく、婚約者探しは急がなくてもいいのでは？」

オレイアはそう言うと、眉を顰める。

「……いいや、早く失恋を吹っ切りたいしね。とびきり素敵な人を探そうじゃないか。オレイアも協力してくれるね？」

これは強がりだ。自分だってわかっているんだ。

「わかりました、テランス様。情報の収集ならお任せください」

口角の片側を上げて、オレイアは笑みを浮かべる。その悪辣な表情は、まるで悪巧みでもしているようだ。

ウィレミナ嬢くらい素敵な人……は難しいかもしれないが。心の底から慈しむことができ、共に生きることが楽しいと思える人と巡り合えることを願うばかりだな。

——素敵な恋をさせてくれて、ありがとう。ウィレミナ嬢。

心の中でそうつぶやいて、私は幼い頃からの恋にお別れをした。

元王妃と第一王子の行方は、杳として知れない。

そのことに皆が焦りを覚えていた。その『皆』の中には、もちろん私……ナイジェル・ガザードも含まれていた。

捜索の陣頭指揮を執るマッケンジー卿は、陛下からの突き上げを容赦なく食らっている。

そんな彼は、近頃少しばかりご機嫌斜めだ。

「そもそもの話。陛下が婚姻中に元王妃の機嫌をちゃんと取れなかったのが原因だろうが。なぁ、ナイジェル」

菓子を口にしながら、マッケンジー卿は私に愚痴を零す。今日も反王派の尻尾を掴めず、放った密偵たちの持ち帰る成果を期待しながら、マッケンジー卿の街屋敷の一室に作った作戦室に私たちはいるわけだ。

「……そんな不敬な発言に、同意を求められましても」

ここで同意を示せば、愚痴はさらに長くなってしまうだろう。それは勘弁願いたい。年寄りの愚痴は長くてしつこいからな。

……マッケンジー卿の言うことには、概ね同意ではあるのだが。

一滴も愛を注げないのなら、元王妃のことは娶るべきではなかったのだ。周囲の反対に対して死ぬ気で抵抗をして、現王妃だけを連れ合いとすべきだった。その時は大きな向かい風が吹いただろうが、そこを凌げば長い平穏が訪れたはずなのに。

陛下の行いは……孤独によって苛烈となった女を作り上げ、愛する人を長く日陰の身にした。その皺寄せが、今ここにきて現れている。

「そうだ。ナイジェル、仕事を頼めるか？」

「そのために貴方のところに留め置かれているのでしょう。もったいぶらずに、なにをしてほしいのか言ってください」

「まぁ、そうだな。近頃紳士クラブを中心に、とある噂が流れているらしくてな」

マッケンジー卿はそう言うと、オニグルミの殻を手で握り込んで軽々と砕く。そして中身を口に放り込み、実に美味そうに咀嚼した。……相変わらずの馬鹿力だ。

「噂、ですか」

「元王妃と第一王子が幽閉先から逃げ出したという、そのものずばりの噂だ」

「は？　……誰が、なんのために漏らしたのでしょうか」

意外な噂の内容に、私はぽかんとしてしまう。マッケンジー卿はそんな私を横目に見ながら、またオニグルミの殻を砕いた。……今度は指二本で。

「そりゃあ、反王派だろ。貴族たちの分断を誘発する。もしくは……紳士クラブでの反応を見て、味方になりそうな貴族を選別して接触しているか。ほかにもなんらかの狙いがあるかもしれねぇな」

紳士クラブとは珈琲と煙草を嗜みながら、政治などの時勢の話に花を咲かせる場だ。基本的には女人禁制。招待制となっており、貴族や豪商しか入会することができない。

マッケンジー卿はあっけらかんと言う。彼の言っていることは、的を射ているような気がする。ふつうの社交場なら公共性が高いために理性も働くだろうが、クラブという閉鎖的な空間ならば場の効果もあって、皆釣り針にかかりやすいだろうしな。

「いくつかクラブを巡って、噂を流してるヤツがいればとっ捕まえてこい。もしくは反王派に関するなんらかの手がかりを摑むんだ。ガザード公爵家のご令息なら、どのクラブでも紹介なしで入れるだろうしな」

紹介状なしでの訪いはふつうならば当然嫌がられ、そのまま断られる行為だが。ガザード公爵家という権威と繫がりたい家は多いので、どこのクラブでも歓迎され、無条件で中に通されるだろう。今回の場合は、正体を隠さなければならない任務でもないしな。

「……わかりました」

煙草と珈琲の混じる濁った香りを想像すると、うんざりとした気持ちになるが。任務ならば仕方がない。

「成果を期待してるぜ」

「はい」

マッケンジー卿と視線を交わし、クラブへ行く準備のために作戦室を出る。さすがに、騎士服のまま訪れるわけにはいかないからな。マッケンジー卿の屋敷内にある寝泊まりをしている部屋へと行き、適当な……しかしそれなりの身だしなみに見える衣服を身に着ける。鏡の前で一応姿を確認するが、別段おかしなところはないだろう。

そして私は……夜の王都へと足を運んだのだった。

いくつかのクラブを回ってみると、予想の通りに私の存在はクラブの人々に諸手を挙げて歓迎された。煙草臭い息を吐く人々が、打算の光を目に宿しながら次々に話しかけてくる。そんな人々をいなしながらクラブの隅々にまで視線を走らせるが……。怪しいと思える人物はそうそうすぐには見つからない。

今いるクラブでも怪しい人物は見当たらず、内心少し落胆しながら珈琲を口にする。そんな私に小太りな貴族――どこぞの伯爵らしい――が話しかけてくるが、その九割程度はまったく興味のない話題だった。

――もともと、一日で片がつくとは思っていなかったが。

そう思いつつカップに残った珈琲を飲み干し、テーブルへと置く。そして軽く挨拶をしてから、私は紫煙をかき分けてクラブを後にした。

そして、今夜最後のクラブへ向かおうと夜の王都を歩いていたのだが――。

少し離れて、こちらをつけてくる気配を感じた。足音から予測するに、人数は二人か。殺気の類は感じないが……。つけられていい気分にはならないな。そんなことを思いながら、歩調を速めて路地裏へと入る。すると気配も私を追って、路地裏へとやってきた。

「――ッ！」

路地裏に入ってすぐのところに身を隠していた私は、追っ手の一人の手首を掴んで後ろ手に捻り上げた。男の口から苦しそうな声が漏れたが構うことなくさらに強く捻り、残りの男の前に突き出して盾のようにする。

「……どちら様でしょうか。あとをつけてくるなんて、躾がなっていませんね」

男たちを観察すると、野盗という風貌ではない。どこかの貴族の間諜……そんなところだろうか。

「危害を加えるつもりはありません。ただ、貴方と話がしたいだけでして……」

捕縛されていない男が、慌てた様子でそう弁解をした。

「お話、ですか？」

「はい、そうです」

男は頷くと、私の前に恭しく跪く。その様子を目にして、私はわずかに眉間に皺を寄せた。

「ナイジェル殿下とお見受けします」

「殿下？　さて、なんのことやら。私はそんなふうに呼ばれる身分ではありませんよ。人違いなのでほかを当たってください。『殿下』と呼ばれる方とお近づきになりたいのなら、エルネスタ殿下でよければ紹介しますが」

殿下が聞いたら怒って暴れ出しそうなことを最後に口にしてから、私は肩を軽く竦める。

しかし、男のこちらを真剣に見つめる表情は変わらない。

「とぼけなくても結構です。ダニエラ様から話は聞いておりますので」

──ダニエラ。元王妃の名だ。

予想はしていたが、こいつらは反王派か。

気配が増え、私の周囲を取り囲む。なるほど、私は罠にかかったらしい。

「私たちに、ついてきてはいただけませんか？　悪いようにはいたしませんので」

「……嫌だと言ったら？」

「選択肢を与えるつもりは、ありませんので」

男がきっぱりと言い、同時に増えた気配がこちらへと襲いかかる。

私は人質に取っていた男の背中を蹴飛ばしてから、腰の剣に手を伸ばした。

元王妃であるダニエラと第一王子エヴラールが姿を消したらしい。

そんな噂が貴族の間で流れはじめ、急速に広まっていった。

今夜もとある紳士クラブでは、その話題で持ち切りだ。

「元王妃と第一王子が逃げたというのは、確実なことなのか？」

「近頃マッケンジー卿が慌ただしく動いていると聞くし、陛下もピリピリしていらっしゃるらしい。信ぴょう性は高いのではないか？」

「……反王派はどう動くのだろうな」

「どの家が後ろ盾としてついているかはわからないが。当然、蜂起するつもりなのだろう」

「しかしだな。蜂起の中心に立つのは、いつ儚くなるかわからない第一王子なのだろう？　そんな分の悪い賭けに乗る馬鹿は少なかろうし、蜂起してもどうにもならんさ」

「捕まって、今度こそは処刑されるだけだろうな。せっかく情けをかけてもらったのに、恩知らずというか。往生際が悪いというか」

失笑が貴族たちから零れ、クラブに充満した煙草の紫煙を揺らす。その時……一人の男が口を開いた。

「ここだけの話ですが。蜂起の中心にいるのは、王弟殿下の忘れ形見らしいですよ」

とある男爵令嬢と駆け落ちをした王弟殿下は、他国で死亡していたことが公表されている。しかし、そんな彼に忘れ形見がいたなんて話はなかったはずだ。クラブは困惑に満ち、「眉唾だ」と誰かが吐き捨てるように言う。それに同意を示すように何人かが頷いた。

「王弟陛下の……？　馬鹿な。そんな話は知らんぞ」

「噂です、噂。私もたまたま小耳に挟んだだけなので。たしか、別のクラブで耳にしたんだったかな」

『忘れ形見』の話を持ち出した男はそう言うと、煙草を口に咥え鷹揚な態度で紫煙を燻らせる。その自信たっぷりな様子は、その噂に真実味を仄かに添えた。

――この男は……何者なのだろうか。

ずいぶんと身なりのいい上品な佇まいの男を見つめながら、貴族の一人は考える。そもそも貴族なのか？　それとも商人か。このクラブへの人の出入りは多く、訪れる者の新旧入れ替わりも多い。だから顔を覚えられなくて当然かと考えその貴族は納得をし、思考を打ち切った。今は詮索をするよりも、珈琲と煙草……そして小粋な会話を楽しみたい。

「そして、これも噂なのですが。その忘れ形見というのは……ガザード公爵家のナイジェル様なのだとか」

男が続けて言った言葉に、クラブの人々は大きくどよめいた。

「いやいや、そんな馬鹿な」

「しかしな。たしかに、ナイジェル様とガザード公爵閣下はまったく似てはいないな」

「王弟殿下のお姿を見たことがある者はいないか？」

「……十年以上前に一度だけ見たことがあるが。たしかに、似ていらっしゃるような……？」

「ガザード公爵が……忘れ形見を隠していたというのか？」

喧騒が室内を満たし、議論が白熱していく。そんな中『噂』を口にした男は、いつの間にか忽然と姿を消していたのだが……。

投じられた好奇心をかき立てる一石に夢中な人々が、それに気づくことはなかった。

今、主に貴族の間で流れている『噂』。それを難しい顔をした従者のロバートソンから伝えられ、わたくしは激しく動揺した。

「いずれお耳に入る話でしょうし……。お嬢様には早くお伝えした方がよいと思いまして」

ロバートソンはそう言ってから、眉尻を下げる。その後ろにはエイリンが、おろおろとした顔をして立っていた。

『元王妃と第一王子が、幽閉先から逃げた。そして、蜂起を企んでいるようだ』

噂の内容がここまでであれば、さほど動揺せずに済んだだろう。問題はそのあとだ。

『――ナイジェルが王弟殿下の遺児で、蜂起の中心にいる』

――これは、どういうことなの。どうして、そんな噂が流れることになったの。

動揺で体が震え、その震えを抑えるためにわたくしは自身の体を抱いた。

「……ナイジェル様が蜂起に関わっているなどと。誰がそんな噂を流したのか」

ロバートソンは眉間を指で揉み込みながら、小さく息を吐く。

あれだけ隠していたナイジェルの身分。それが確証のない噂とはいえ、世間に広まってしまった。誰が……噂の元なの？

いえ。元王妃たちが本当に逃げたのだとしたら、それは明白ね。反王派がナイジェルを旗印とするために、噂を振り撒いたに違いない。エヴラール殿下を立てるより、健康で支持者も多かった王弟殿下の遺児を立てた方が同志は集まりやすいでしょうし……。

だけど元王妃は実子である第一王子を旗印として立てたいのでしょうに、これはどういうことなの？　反王派も一枚岩ではないということかしら……。

「あくまで噂なのだし……気にしないように努めないとね」

「それがよいと思います、お嬢様」

「そうです、ナイジェル様がそんな企みに加担するはずありませんし！」

ロバートソンに続いてエイリンも勢いよく言って、こくこくと顔を頷かせる。

反王派に加担しての蜂起などということを、ナイジェルが考えるはずがない。その点はまったく、心配していないけれど……。

「お嬢様。噂で流れているナイジェル様の『ご正体』に関しては……」

「エイリン、やめなさい」

エイリンの言葉を、ロバートソンが鋭い口調で遮った。気まずく重い空気が漂い、その場にいる者たちに重く伸し掛かる。

「二人とも。陛下からの公表もないのに、確証のないことを言うべきではないわ」

重い空気を振り払うようにわたくしがきっぱりと言うと、二人はこちらを見つめてこくりと頷いた。

今、ナイジェルはどう過ごしているのかしら。それが気になって仕方がない。噂のことはどう捉えているのかしら。マメに数日置きに届いていた手紙もここ一週間ほどは届いていないし、心配だわ。

いくつかの悪い想像が脳裏を駆け巡り、わたくしはそれを振り払うために頭を振った。

重い気持ちで授業の準備をして廊下に出ると、バルドメロが待っていた。彼はにこりと笑うと、わたくしの鞄をするりと流れるように受け取る。ナイジェルは彼のことを『軽薄』だと形容していたけれど、どちらかといえば『ジェントル』だとわたくしは感じている。バルドメロは、女性に対してどんな時でも優しく親切なのだ。それは、テランス様のようにここから先は踏み込んではいけないという『一線』を引く形ではないジェントルだから……。その結果、女性同士の諍いを引き起こすことも多いようね。バルドメロは、現在婚約者がいない美男子だ。しかも大きな家ではないけれど伯爵家の出と、出自もよい。そんな彼が行う無差別なジェントルは、身を滅ぼしそうで見ていて少しだけ怖くもある。

「バルドメロ」

名前を呼べば、後ろを歩いていたバルドメロは歩調を速めてわたくしの隣へとやってくる。

「なんでしょう、ウィレミナ嬢」

そして柔らかな髪を揺らしつつ、穏やかな口調で言った。

「貴方、例の噂のことは知っていた？」

声を潜めて訊ねてみれば、バルドメロは複雑な表情をして軽く肩を竦めた。

「まぁ、一応は。騎士連中も最近はその話題で持ち切りですので」

「そう……」

こうして寮の廊下を歩いている間にも、好奇心に満ちた視線が時折こちらに向けられる。噂はすぐに……王都中に広まってしまいそうね。

「火のないところに煙は立たない、と考えている連中も中にはいますが。俺はナイジェルが国に反旗を翻すような馬鹿だとは思っていません」

バルドメロはしっかりとした口調でそう言い切る。その頼もしさに、頬が少しだけ緩んだ。ナイジェルはバルドメロとよい友情を育んだのね。

「ふふ。ナイジェルはよい友人を持っているのね」

「恐縮です、レディ。ところで……」

「……わたくし、知らないわよ」

ナイジェルが王弟殿下の息子なのか。彼はそれを訊こうとしたのだろう。けれどそれに関しては、人に確証を与えるような態度を取るわけにはいかないわ。……テランス様にはそんな態度を取ってしまったけれど。同じ轍はもう踏まないの。

「そういうことに、しておきましょうか」

バルドメロはそう言うと、ふっと笑う。この騎士には、わたくしの嘘なんて見透かされているのかもしれないわね。

「では、また放課後に迎えに参りますので」

「ええ。よろしくね、バルドメロ」

教室にたどり着いたわたくしは、軽く手を振ってバルドメロと別れた。そんなわたくしのもとへと、落ち着かない様子で駆け寄ってくる人物が一人……。それは、テランス様だった。

公爵家の後継になること、そしてわたくしの婚約者候補から外れることをテランス様は公表し……。結果、以前よりもおモテになっている。メイエ侯爵家の非常に優秀なご令息。その令息にさらに『公爵家の後継』という、とてつもない箔がついたのだものね。

「ウィレミナ嬢。私ではないからね！」

目が合って、開口一番。テランス様は声を潜めながら、早口でそう言った。その顔はめずらしく、焦りに満ちている。彼も貴族の間で流れている噂のことを知ったのだろう。そして、自分がその噂の源であると、わたくしに誤解されることを心配したらしい。テランス様が噂の源だなんて、わたくし欠片も思っていなかったのだけれど。そういう考え方もあるのね、と今ようやく思い至ったくらいだ。

テランス様は賢いお方だ。『知った』からといって、無意味にひけらかすような真似はしない。妙な噂をばらまくなんてリスクの高いことは、なおさらするはずがない。

「わかっています、テランス様。貴方がそのようなことをする方ではないことは、長い付き合いの中で知っておりますので」

微笑みながら言ってみせれば、テランス様はほっと安堵の息を吐く。そして、真剣な表情になるとわたくしを見つめた。

「ウィレミナ嬢。『根も葉もない』噂が流れていて、大変だね。なにかあったら、幼馴染として相談に乗るから。ちゃんと相談をしてほしい」

テランス様はそう言うと、好奇心に満ちた視線でこちらを見ていた生徒たちに鋭い視線をやる。すると彼らは、気まずそうに目を逸らした。

わたくしを気遣って……牽制してくださったのね。

「ありがとうございます、テランス様」

「気にしないで、ウィレミナ嬢」

テランス様の優しさに感謝をすれば、優しい笑みを浮かべながらそう返された。

——今日の放課後。お父様のところへ行こう。

お父様ならきっと、ナイジェルの動向のことだって知っている可能性が高いから。

そんなことを考えながら席に着き、授業の準備を進めていると……。

「ウィレミナ嬢！」

教室の扉が激しい音を立てて開き、エルネスタ殿下がものすごい勢いでこちらへと走り寄ってきた。その息は少しだけ切れている。殿下の後ろからは息を切らしたリュークが現れ、『殿下、廊下を走ってはいけません』と小言を言う。しかしその小言は、見事に無視されてしまっていた。

「ちょっと今から、時間を作れるかしら？……今日もお疲れ様、リューク。」

「殿下、授業がはじまってしまいますので――」

「さぼるわよ！　あっ、メイエ侯爵家のご子息ね。ウィレミナ嬢はエルネスタに攫われたと、教師に言っておいて」

殿下はテランス様に言うが早いか、わたくしの腕を引いて教室から引きずり出してしまう。こ、この方はこの細身の体のどこにこんな力があるのかしら……！

「……申し訳ありません」

リュークがそっと、わたくしに耳打ちする。そんなリュークに、エルネスタ殿下は牙を剝く猫のような愛らしいけれど恐ろしい怒り顔を見せた。

「どうしてお前が謝るのよ！」

リュークはエルネスタ殿下の怒りの一喝を受けて、眉尻を下げながら身を縮こまらせる。殿下はふんと鼻を鳴らし、わたくしの手を引いてぐいぐいと廊下を進んでいった。そして、先日テランス様と訪れたばかりの談話室へとわたくしを押し込む。続けてリュークのことは、廊下へとぐいと押し出した。そして、扉をぱたりと閉める。

殿下はわたくしを座らせてから、正面へと腰を下ろす。殿下、座らせる順番が逆だと思うのです……なんてことは言えなかったわね。

「……面倒な噂が流れているわね」

エルネスタ殿下はそう言うと、非常に不快そうに眉間に皺を寄せた。わたくしは、同意を示すためにこくりと頷く。

「殿下、そもそもの話。元王妃陛下と第一王子殿下が逃げたというのは……事実なのでしょうか」

元王妃たちが逃げたという噂自体が、間違いだという可能性もある。そう思って訊ねれば、殿下の眉間の皺がさらに深くなった。

「事実よ、忌々しいことにね。なにを企んでいるかなんて、言わずもがなだけれど。本当に……しつこい女だこと」

エルネスタ殿下は吐き捨てるように言う。元王妃と現王妃――エルネスタ殿下の母君だ――の間にはかなりの確執があったと聞く。

その確執は……最終的には王子殿下の暗殺未遂劇にまで発展した。

「その。元王妃の方の血筋の……王女殿下はどうされているのですか？」

ふと、そんなことを思って訊ねてみる。元王妃には第一王子殿下以外にも娘がいた。彼女は今……どうしているのかしら。

「幽閉先にいるままよ。あの女、娘にはまったく興味がないの。だから連れて逃げなかったのよ。自身の産んだ子なのにね。仲がよかったわけではないけれど……少しだけ可哀想」

エルネスタ殿下はそう言うと、形のいい唇を小さく尖らせた。それを聞いて、わたくしは切ない気持ちになる。

王女では国王陛下の気を引く『道具』にはならなかった。だから、どうでもよかったのだろう。

嫌ね……実の親に顧みられないなんて。

お父様に冷たくされたらなんて、想像しただけで耐えられないわ。

自然にため息が零れ、眉尻が思い切り下がってしまう。

「……それは、悲しいですね」

「そうね。私はお父様に大事にされているけれど、彼女はそうではなかった。その上、元王妃があれでは立つ瀬がなさすぎるわね。とはいえ、あの女に愛されているエヴラールお兄様が幸せかというと、必ずしもそうではないのでしょうけれど」

エルネスタ殿下はそう言うと、男らしい大きな所作で腕組みをする。そして、元王妃や国王陛下への呆れの気持ちを多大に含んでいるのだろう特大のため息を吐いた。

「結局、すべての元凶はお父様なのよね。最初からお母様だけを娶ればよかったの。そうしていれば、不幸な人間は生まれなかった」

「……殿下」

たしかに国王陛下の選択は不幸な人間を生んだ。だけど情勢を鑑みるに……当時はそれが最善の選択だったのだろう。わたくしには、誤りはその後の対応の方のように思える。二人の女性を娶るのならば責任を持って、両方を少なくとも表向きだけでも平等に扱うべきだったのだ。陛下はそれができずに、片方のみをわかりやすく溺愛した。元王妃のプライドはどれだけズタズタにされたのだろうか。

「私は絶対に愛する一人の男性としか婚姻しないわ。愛人も作らない。絶対よ」

殿下はそう言うと、両の拳をぎゅっと握る。その一人の男性というのは、一体誰のことを思い浮かべているのかしら。好奇心が胸を騒がせ、そんな場合ではないのに少しばかりそわそわとした気持ちになってしまう。

そんなわたくしの視線に気づいたのか、エルネスタ殿下は少し気まずそうに視線を泳がせた。

「ま、まぁ、この話はいいわ。マッケンジー卿の主導であの女の捜索は開始されているのだけれど、なかなか成果が出ていないそうなの。それでお父様も、日々苛立ってる」

エルネスタ殿下は話を、別の方向へと転換する。

「まぁ……そうなのですね」

捕まれば、今度は処刑が確実だ。あちらも簡単に尻尾は掴ませないわよね。

「ナイジェルは、噂の件に関してなにか言っていた？　私はしばらく、あれに会っていないの。マッケンジーのところでごちゃごちゃやっていたところまでは、把握していたのだけれど……」

殿下は嫋やかな手を白い頬に添えながら目を伏せた。その悩ましげな様子は、女神のように美しい。エルネスタ殿下は独自の情報網を持っているようだ。わたくしも……将来のためにそういうものを持つべきなのよね。

「わたくしも、会っていないのです。ここ一週間ほど手紙もきておりません」

「まぁ、それは異常事態じゃない。あの姉べったりが、ウィレミナ嬢への連絡を欠かすなんて」

殿下はそう言いつつ目を丸くする。

そうよね。やっぱり……『異常事態』よね。あの子がわたくしへの音沙汰がないなんて、どう考えてもおかしい。音沙汰をなくすにしても、一度は連絡を入れてくるはずだ。

「お父様がナイジェルの状況を知っているかもしれないので、放課後になったら訊きに行こうかと——」

「今から、行きましょう。善は急げよ」

殿下は立ち上がると、ぐいとわたくしの手を引く。

「えっ。今から？　殿下も行くのですか？」

強く手を引く殿下を見つめながら、わたくしは目を丸くした。

「ええ。私がいれば、ガザード公爵がなにかを隠している様子でも圧がかけられると思うから。絶対に……隠し事なんてさせないわ」

エルネスタ殿下はそう言って、楽しそうに笑う。たしかに殿下であれば……お父様のことも追い詰めてしまいそうね。

「それに正直、ガザード公爵がなにを言うのか気になるし」

好奇心いっぱいという口調で言いつつ殿下が勢いよく扉を開けると、あくびをしようとしていたらしいリュークが微妙なお顔のままで身を強張らせる。タイミングが悪くて、非常に申し訳ないわ。

「リューク！　あくびなんてしている場合じゃないわよ。ガザード公爵家の屋敷へ行くわ。馬車の用意をなさい！　ついでにウィレミナ嬢の護衛騎士も連れてきなさい！」

「は？　ガザード公爵家にですか？　ずいぶんと急な話ですが先触れは出しましたか？」

リュークは目を丸くしながら、殿下に矢継ぎ早に訊ねる。

「出していないけれど、たぶん平気よ。ウィレミナ嬢という手土産もあるし」

殿下はそう言うと、大きな胸を張った。

「……はぁ。閣下が王宮の方にいる可能性は？」

「屋敷にいなければ、王宮へと向かうから問題ないわ」

「……はぁ」

リュークは返事ともため息ともつかぬ声を漏らしてから、重い足取りで踵を返す。

「リューク、遅い！」

「……いっ！」

エルネスタ殿下が強めに脛を蹴りつけると、リュークは小さく痛がる声を漏らしてから駆け足になった。

実のところ。殿下にワガママを言われて喜ぶ種類の男性は相当多い……らしい。殿下はとてもお美しいから、そういう女性にへつらいたいと思う気持ちも理屈ではわからなくもない。だけどリュークは、そういう『趣味』にはまったく見えないのよね。

常識人なリュークは、日々殿下の歯止めになっているのだろう。強制的に殿下の動きを止めることはできなくても、意見を言うことで殿下に考える余白を与えることはできるものね。

……リューク、大変なお役目ね。

「さ、行きましょう」

にこりと可憐な笑みを浮かべてから、殿下はわたくしの手を引く。

　リュークはとても有能なようで、わたくしたちが正門に着いた時にはすでに馬車が到着していた。少し首を傾げているバルドメロもその場にいる。

「バルドメロ、ごめんなさいね」

「いえいえ。待機中の予定はなかったので、平気です」

「それならよかったわ。どこに向かうかはリュークに聞いた？」

「ええ。公爵閣下のところに向かうと……」

　言いながら、バルドメロは困惑顔でエルネスタ殿下にちらりと視線を向ける。するとエルネスタ殿下は、大きな猫を被ったお顔でにこりと微笑んだ。

「はじめまして。急にお呼び立てして、申し訳ないわ」

「お初にお目にかかります、エルネスタ殿下。バルドメロと申します」

　バルドメロが跪こうとするのを、エルネスタ殿下は軽く手を振って止める。

「形式ばったことはしなくていいわ。さ、早く馬車に乗りなさい」

　リュークが殿下に手を差し出し、馬車へと乗せる。それに続いて、わたくしとバルドメロも馬車へと乗り込んだ。リュークは御者席へと座る。

「さて。あの狸男からなにが聞けるのかしら」

　エルネスタ殿下はそう言って、赤の目を細める。その口元には挑発的な笑みが浮かんでいた。

……殿下。狸男とは、お父様のことでしょうか。そんな面妖な呼ばれ方をお父様がされていると知ると、少し複雑な気分になるわね。

数時間をかけて、ガザード公爵家の屋敷へと着くと……。

「おやおや、お嬢様。エルネスタ殿下まで……」

わたくしたちは、目を丸くした執事に出迎えられた。あとから入ってきたリュークとバルドメロを目にして、さらに増えた人数に執事の目はまた丸くなる。

「お父様はいるかしら？」

「ええ、いらっしゃいます。本日の登城は午後からなので」

そんな会話を玄関ホールでしていると……。

「ウィレミナ？」

幼い頃から聞いている、耳に馴染んだ声で名前を呼ばれた。同時に、リュークとバルドメロが素早く床に膝をつく。

声の方を見ると、階段の上にはお父様が立っていた。そのお顔は少しやつれているように見える。噂の件による心労なのか、それとも別のなにかがあったのか……。

「お父様……！」

いつもの癖でお父様に駆け寄りそうになり、わたくしはそれをぐっと堪える。エルネスタ殿下たちがいらっしゃる……というのもあるけれど。今のお父様は、ある一点においてはわたくしの敵だ。そのことを思い出して踏み止まったのだ。

するとお両手を広げてわたくしが飛び込んでくるのを待っていたお父様は、悲しそうなお顔になる。そのお顔を見ていると、少しだけ罪悪感が湧く。

「……ウィレミナ？」

「わたくし、例の問題がわたくしにとってよい形で片づくまではお父様には抱きつきませんの。ええ、抱きつかないわ」

つんと顎を反らしながら言えば、お父様のお口ががくりと大きく開く。

「ウィレミナ。それは場合によっては一生の間ということになってしまうけれど……」

「それも仕方がないと思っているわ」

「そ、そんな……」

愕然とするお父様の様子を目にして、エルネスタ殿下はとても楽しそうに笑い声を立てた。

「まぁ、よいお顔をしていらっしゃるじゃない。狸公爵らしくないわね。少しお話をしたいのだけれど、よいかしら？」

「た、狸公爵……？」

お父様は目をぱちくりとさせながら殿下に目をやる。殿下はふふんと鼻を鳴らすと、立派なお胸を張った。そんな殿下の様子を、リュークがハラハラとした様子で見守り、バルドメロは明らかに面白がるお顔をしている。

「あら、狸じゃないの？　可愛い可愛い子どもたちに希望を持たせておいて、最後の最後でひっくり返す……とっても悪辣な狸よね？」

王族、なおかつ国王陛下が溺愛しているエルネスタ殿下でないとお父様にここまでは言えない。

……殿下は怒っている。恐らく、わたくしとナイジェルのために。

それが嬉しくてたまらなくて、わたくしは口元に笑みを浮かべた。

「し、しかしですね。それは仕方がないことでして。すべてを私の一存で決められることではございませんでしたし……」

「お黙りなさい。不誠実な狸！」

言い募るお父様に、エルネスタ殿下はぴしゃりと言葉を叩きつける。『狸』という言葉がすっかりお気に入りらしいわね。

……すごいわ。あのお父様が完全に押されている。

「くっ。陛下が二人いるようだ……」

お父様はそう言うと、悔しげなお顔で唇を噛みしめた。

殿下本人も言っていたけれど、国王陛下とエルネスタ殿下の性格は似ているようだ。

……女系も王位を継げるようになればいいのに。殿下には女王陛下の適性があるわ、確実に。

「お父様、訊きたいことがございますので。どこか一室をお借りしても？」

一歩踏み出しそう訊けば、お父様は救いを求める目をこちらに向ける。

「ウィレミナがハグをしてくれたら、会談の場を……」

「お父様。往生際が悪いわ」

「……ウィレミナが、冷たい」

言葉を撥ねつければ、お父様はすっかり拗ねたお顔になった。

罪悪感で胸がズキズキするけれど、仕方がないわ。……仕方が、ないわよね。

「このままだと、どんどん娘に嫌われそうね」

くすくすと笑いながら、意地悪なお顔で殿下が言う。お父様は、その言葉にまるで後頭部を殴られたかのような激しい衝撃を受けたお顔をした。

「……ウィレミナ。私を嫌いになるなんてことは、ないよね？」

すっかり泣きそうなお顔でそう言われると、ついつい『嫌いになんてならないわ！』と言いたくなってしまう。だってわたくし、お父様のことが大好きなんだもの。なんと答えたものかと、わたくしは口元をへの字の形に引き結ぶ。

「そこの執事！　部屋の準備をなさい」

わたくしが問いかけへの答えを口にする前に、エルネスタ殿下が執事に声をかける。

「は、はい。承知しました」

王女殿下の命に逆らうわけにはいかない。そう判断した執事は、わたくしたちを先導して歩き出した。その後ろから、よろよろとした足取りのお父様がついてくる。

幼い頃から歩き慣れた廊下。その赤い絨毯を踏みしめていると、ナイジェルとの思い出が脳裏を過る。この屋敷は……ナイジェルとの思い出でいっぱいだ。

応接間に通され、わたくしとエルネスタ殿下は並んで長椅子に腰を下ろす。その正面にこの短時間ですっかりやつれた様子のお父様が続けて座り、大きなため息をついた。ちなみに、リュークとバルドメロには廊下に出てもらっているわ。

「お父様。元王妃が逃げた件に関しては……殿下に本当のことだと聞いているわ。ナイジェルが彼らの企みに加担なんてしない子だというのも、わたくしは知っている」

執事が紅茶を用意し出ていったタイミングで、わたくしは話を切り出した。すると、お父様がふっと口元を緩める。

「ナイジェルのことを、ずいぶんと信頼しているんだね」

「当たり前よ。その……世界で一番愛している人のことくらい、わかるわ。ひゃっ！」

お父様が急に、机に額を打ちつける。ゴンッ、ととても痛そうな音がしたわ！　一体どうしたのかしら。

「お、お父様？」

「可愛い娘からほかの男を『世界で一番愛している』と聞くのは……結構なダメージだね」

お父様は机に突っ伏したままでそう言った。

わたくしが『世界で一番愛している』のは、ナイジェルとお父様なのだけれど。今日はそのことは言わないことにする。

「……お父様。ここ一週間ほど、ナイジェルからの手紙が途絶えているの。彼は今、どうしているの？　お父様なら……知っているでしょう？」

質問を投げて、まだ顔を伏せたままのお父様の反応を待つ。お父様はのろのろとした動作で顔を上げると、わたくしをじっと見据えた。

「できることなら隠しておきたかったけれど。……これ以上は嫌われたくないからなぁ」

そして、苦悩の滲む表情で言う。お父様の慧眼があれば、わたくしがお父様のことを嫌っていないことはすぐにわかるでしょうに。そうわかっていても堪えるくらいに、愛されているのでしょうね。

「そうね、とっとと白状した方がいいわ。娘に嫌われるまでなんて、本当に一瞬よ」

エルネスタ殿下は楽しそうに言ってから、高らかな笑い声を上げる。その様子はまるで、小説の中の主人公を虐める悪役お嬢様のようだ。

「……ぐっ」

お父様は呻きを上げ、また机に突っ伏しそうになったのを……すんでで堪えたようだった。

殿下。お父様が死にそうなお顔をしているから、そろそろ追い詰めるのはやめた方がいい気がするの。

「お父様。わたくしナイジェルが心配で」

「……ウィレミナ」

わたくしの言葉を聞いて、この短時間でいくつも老け込んだように見えるお父様が大きく眉尻を下げた。

ナイジェルが騎士学校に行った時のことを、ふと思い出す。あの時のわたくしは一人置いていかれて待つことだけしかできず、さまざまな感情に苛まれていた。

……また一人、置いていかれてなにもできないのは嫌だわ。

「あとからなにかがあったと聞かされるのは、絶対に嫌なの。お願い、知っていたら教えて」

そう言ってから、じっとお父様のお顔を見つめる。

「…………ウィレミナ」

お父様はまたわたくしの名前を呼ぶ。しばらくの間沈黙が続き……。お父様はふっと息を吐いた。

「降参だ。これ以上、君に嫌われたくないからね」

「お父様！」

「ただ、約束してくれるかな？　この話を聞いても、危ないことはしないって」

お父様の言葉を反芻する。そして、わたくしは口を開いた。

「……お約束はできません。そんな言い方をするということは、ナイジェルの身になにかがあったということでしょう？　彼を助けられる道があるのなら、わたくしはそれに対しての努力を惜しみません」

「……それは、困ったね」

下がりっぱなしのお父様の眉尻が、さらに下がる。

今日はお父様に困り顔をさせてばかりね。罪悪感が胸に纏わりつき、なにを言っていいのかわからなくなる。なにを言っても、お父様に悲しい顔をさせてしまうのがわかっているもの。

「ガザード公爵。今ここで貴方が言わなくても、私が調べてウィレミナ嬢に伝えるだけよ。早いか遅いか、それだけの差」

エルネスタ殿下はそう言うと、優美な仕草で紅茶を口にする。

殿下の言葉ははったりなのか、事実なのか。それはわからないけれど……殿下であれば、お父様の隠し事も調べてしまえそうね。ナイジェルの『正体』にも、すぐに行き着いたそうだし。

「殿下は本当に……陛下にそっくりだ。殿下が男児に生まれていれば、このような諍いも起きずに済んだのでしょうに」

失言ともいえるこれは……お父様の心からの本音なのだろう。それを聞いた殿下は、ぴくりと片眉を上げた。

「狸公爵。そのような発言こそいらぬ争いを生むのだから、慎みなさい。三大公爵家の当主だからとて、看過できるものではないわ」

「失礼、エルネスタ殿下。お許しを」

お父様は胸に手を当て、ぺこりと頭を下げる。そしてしばしの沈黙ののちに、重たい口を無理やり開いた。

「――ナイジェルは調査の最中に行方不明になった」

「――ッ！」

「恐らく、反王派勢力に攫われたのだろう」

手紙がこないことにより、想像していたことのひとつ。それが当たって、わたくしは息を呑んだ。体が激しく震えている。生まれてはじめて添い遂げたいと思った相手。そんなナイジェルが……攫われ、行方不明になってしまったなんて。

――落ち着きなさい、ウィレミナ・ガザード。ナイジェルはマッケンジー卿が実力を評価している騎士なのよ。彼ならきっと大丈夫。

震えを抑えるために深呼吸を数度してから、拳を強く握りしめる。そして、わたくしは前を向いた。

「その日はさまざまな紳士クラブを巡っての調査だったそうなんだ」

お父様は膝の上で指を組むと、話を続ける。

「……紳士クラブの調査ですか？」

「うん。紳士クラブで反王派が、蜂起を匂わせる噂を流していたからね。その尻尾を掴むための調査に彼が出たわけだ。そして……姿を消した」

「アレには利用価値がある。だから死んでいるということはないでしょうね」

エルネスタ殿下のつぶやきを聞いて、わたくしは同意を示すためにこくりと頷く。

「そうですね。……ナイジェルを蜂起の中心に据えるつもりなら、殺されはしないでしょうから。それが唯一の安心材料ですね」

お父様もそう言い、大きく息を吐き出した。

ナイジェルを無事に手に入れたからこそ、『蜂起の中心はナイジェルだ』という噂を反王派は流しているのだろう。

「お父様、ナイジェルの行方の手がかりは？」

「まだ掴めていないんだ。絶対に捜すから安心してほしい。我が家の私兵も、マッケンジ

―卿も捜している。必ず見つかる。だから、待っていてくれないか？」

「……お父様。大人しく待っていることはお約束できません」

――わたくしも、彼を捜そう。

ナイジェルはわたくしの大切な人なのだ。なにもせずに、朗報を待つだけなんて嫌。

わたくしだからできる捜索の方法が……あるはずだ。

わたくしにはガザード公爵家の娘だという『立場』しか武器がない。だけどこの武器が……活かせる場所がある。『社交界』という、情報の収集に適しているその場所が。今回の元王妃の逃亡劇。その手助けをした人物を探ることで、自ずとナイジェルの居場所に繋がるはず。

「だから、話したくなかったんだけどなぁ」

わたくしの顔を見つめてから、お父様がぼやくように言う。

「子どもの成長は喜ぶべきでしょう？　次期当主が強い人間になるのは、素敵なことだと思わない？　ガザード公爵」

コロコロとエルネスタ殿下が鈴を転がすように笑う。そんな殿下に、お父様は恨めしげなお顔を向けた。

「これは……エルネスタ殿下の影響もあるのかもしれませんね」

「あら、それはいいことね」

楽しそうに話す二人を眺めながら、わたくしは思考を巡らせる。

今パーティーのご招待を受けている家の中で……元王妃の生家であるデュメリ公爵家寄りだった家はいくつあったかしら。現在お父様と議会で火花を散らしている、レンダーノ公爵家寄りの家のご招待も受けておきたいわね。

寮の机に積み上げている招待状を、帰ったら確認しないと。

中立の立場であるというアピールのために、ガザード公爵家や王室寄りの方々のご招待もいくつか受けておくべきね……。

──これから、忙しくなりそうね。

「お父様、わたくしお暇しますわね」

一言言って長椅子から立ち上がると、お父様は目を丸くする。そして急ぎ足でわたくしの方へとやってきた。

「ウィレミナ、もう帰るのかい？　食事くらい一緒に……」

「帰ってやらないといけないことが、できましたので」

「……ウィレミナ、ハグはやっぱりしてくれないのかな？」

「例の問題が片づくまで、しないと言ったはずですよ？」

きっぱりと言えば、お父様はこの世の終わりのようなお顔になる。

「……ですが。先ほどナイジェルの行方についてのことを教えてくださったので。特別にハグをして差し上げます」

気取ったお顔を作りながら両手を広げると、お父様の表情がぱっと明るくなる。そしていそいそとこちらに来ると、わたくしを抱きしめた。……お父様に抱きしめられるのは、やっぱり気持ちがいいわね。

「こちらでも彼の行方は捜すから。危険なことはしないでほしいな」

「ふふ。無用心に危険に飛び込むつもりはありませんわ。だけど……ナイジェルの手がかりが掴めそうだったら、別ですので。わたくしが危険なことをする前に、ナイジェルを見つけてくださいませ？」

「うぐっ。もちろん、そう努めるよ。……早く彼を見つけないとな」

お父様のわたくしを抱く腕に、ぐっと力が入る。

「ウィレミナ、私の可愛い娘……！　本当に本当に危険なことはしちゃダメだよ！」

ぎゅうぎゅうと抱きしめながら、お父様は頬ずりを繰り返す。少しばかりしつこいわ……！

「ほら、ウィレミナ嬢は忙しいのだから。離れなさいな」

いつまでも離れないお父様を、エルネスタ殿下がぐいと引き剝がす。お父様は残念だというお顔をしながら、最後にひとつ頬ずりをしてからようやく離れてくれた。

「……ウィレミナが足りない」

ぼやくお父様を背にして、名残惜しい気持ちに後ろ髪を引かれながらわたくしは屋敷を後にした。お父様がわたくしの名前を呼んでいるような気がするけれど、きっと気のせい……ということにしておきましょう。

「……わたくしに、できることをやらなくちゃ」

馬車に乗り込みそうつぶやくわたくしの手を、エルネスタ殿下がぎゅっと握る。そして、勝ち気な光を宿した赤の瞳に見つめられた。

「やれるわ、ウィレミナ嬢なら」

「……エルネスタ殿下」

反王派のことを探る過程で、なんらかの功績を得られれば。

ナイジェルとの婚約に関する『交渉』の材料になるのではないかしら。それは……お父様の『危険なことをしてほしくない』という意に、時には反することになるかもしれないけれど。

「わたくし、頑張ります！」

殿下の手を握り返せば、頼りになる笑みを向けられる。

そんなわたくしたちの様子を、バルドメロが少し不思議そうなお顔で見つめていた。

……ナイジェルが消えた日のことを詳しく訊きたい。

そう思ったわたくしは、マッケンジー卿へ『会って話がしたい』という内容の至急のお手紙を書いた。けれど使いが持ち帰ったのは――。

『恐縮ですが、現在多忙を極めており話をするのは難しい』というお返事だった。それは……そうよね。今起きている諸々のことを考えると、マッケンジー卿は地獄のような忙しさの中お過ごしになっているに違いない。

この線からなにかを探るのは、最初から難しいとは思っていたのよね。

そんなことを考えながら、机の上に山積みになったお手紙の山に目を落とす。わたくしは頻繁に社交に参加する方ではない。けれどガザード公爵家の令嬢と縁を繋ぎたい貴族は当然多く、断っても断ってもパーティーなどへの招待状がやってきているのが現状だ。

そして……社交シーズンでもないのに、今は特にその数がとても『多い』。

平素であれば春から夏までの社交シーズンが終われば皆領地へと帰り、王都は少しだけ寂しいことになる。お父様のように王都勤めの貴族たちはもちろん王都近辺にいるままだし、カントリーハウスに戻って狐を狩っているよりも、王都にいる方が性に合っているという貴族たちもいる。だから、社交自体がなくなるわけではない。加えてデュメリ公爵家の失脚により空位になった三大公爵家の一角を狙わんとする貴族がまだまだ王都に留まっており、例年よりは秋の社交も盛んではあるのだけれど。

……それにしても、この数は多いわよね。

世間に蔓延しているナイジェルの『噂』。その真相を皆が探りたいのでしょうね。特に

……ナイジェルの身分に関する部分の真相を。

ガザード公爵であるお父様に探りを入れるのは恐れ多いし、あとから恐ろしいことになりかねない。わたくしには甘々なお父様だけれど、ほかの人間から見れば、とても立派な恐怖の対象なのだ。けれど小娘であるわたくしなら……というところかしら。

今日は休日だ。わたくしは招待状と向かい合い、参加するパーティーをじっくりと吟味していた。だけどなかなか……目星を付けるのに迷うわね。

「ロバートソン。デュメリ公爵家と親しかった家で、今回の噂が流れた件に……反王派と関わっていそうな家はどこだと思う？」

紅茶を運んできたロバートソンに訊ねれば、彼は当然驚き顔になる。しかし彼は『無駄口』を利く人間ではないので、わたくしの机の上に並んでいる封筒を眺めながらすぐに思案しはじめた。

家々の関係性に関する知識は、わたくしよりもロバートソンの方が上である。それはいずれは、ガザード公爵家の街屋敷の家令を任されることを想定し、彼が教育されているか

らだ。

「失礼」

ロバートソンはそうつぶやくと、数通の封筒を抜き出してわたくしに渡す。わたくしは封書に刻まれた送り主の名前に目を通し、納得をしながら頷いた。どれもデュメリ公爵家に過去に肩入れをし……その失脚により苦境に立たされ新たな寄る辺を求めている家ばかりだ。

「ありがとう、ロバートソン。ではこちらの家々のご招待に与ると返事をするわ。参加の準備をお願いね」

「……承知しました」

ロバートソンは怪訝な顔をしながらも、一礼をする。そして、部屋を後にした。

……さて。これから忙しくなるわね。

パーティーではわたくしは、好奇の目に晒されるだろう。

それはいいのだ。目立つように動いて、存分に餌になってあげましょう。

問題はパートナーをどうするかよね。今わたくしのパートナーになるということは、妙な注目を浴びることになる。それに複雑な事情も絡むことだし……。

「……あ」

いるじゃない適任が。しかもこの部屋に！

「バルドメロ！」

廊下の扉側に控えていたバルドメロを呼ぶと、彼は静かにこちらへとやってくる。

「どうしました？　ウィレミナ嬢」

「これからいろいろなパーティーや舞踏会に出ようと思うの。その際のパートナーをお願いできるかしら」

「パートナー、ですか」

バルドメロは目を瞠り、虚を衝かれたという表情になる。彼にはめずらしい、隙のある表情ね。

「ええ。貴方だったら、護衛だから一緒にいて不自然ではないし……伯爵家の出だから身分的な問題もないわ」

「……ふむ」

彼は少し考え込む表情になる。いえ。考え込むというよりも……訝しがっているというお顔かしら？

「なにか納得できないというお顔ね」

「まぁ、そうですね」

バルドメロはその秀麗なお顔に苦笑を浮かべる。部屋にずっといた彼は、わたくしとロバートソンの会話を聞いている。なぜ一介の令嬢が反王派のことを探るのか……気になって当然よね。

わたくしが『命令』すれば、バルドメロを巻き込むことはできるだろう。だけどそんな不誠実なやり方はよくないわよね。

「協力してくれるのなら、事情も話すわ。その事情は後ろ暗いものではないから、そこは安心して」

ナイジェルが行方不明になっているから反王派に近づき、その行方を探りたい……という程度の説明はするつもりだ。巷で流れているナイジェルの身分に関する噂が本当であることや、わたくしと恋仲であることまでは説明しなくてもいいわよね。

「それは、先日ガザード公爵家を訪ねたことに関係ありますか？」

「ええ、あるわ」

「知ったことで公爵閣下に消されるような話……ではないですよね？」

バルドメロは深刻そうな口調で言うと、眉間に深い皺を寄せた。わたくしは驚いて目を瞬かせてしまう。

「そんなことはしないわよ。ガザード公爵家のことを、どれだけ恐ろしい家だと思っているの。意外に小心なのね」

くすくすと笑うわたくしを目にして、バルドメロは不服そうなお顔になる。

「いやいや。弱小伯爵家の者が、ガザード公爵家が関係する重要なお話を知るということはそれだけ覚悟がいることなのです。うちには可愛い妹が四人いるので、そのあたりの保証は非常に大事でして」

……なるほど、そういう事情があるのね。バルドメロが女性に対して優しいのは、妹がいるからなのかしらとふと思う。

「大丈夫よ。貴方や貴方の家に害が及ばないことは保証するわ」

「本当ですね？」

「本当よ、誓約書を書いてもいいわ」

バルドメロはしばらくわたくしの目を見つめたあとに、了承の意を表す綺麗な一礼をした。

「その言葉を信じて協力させていただきます、レディ」

これでパートナーの問題は片づいたわね。わたくしは心の底からほっとする。

「ありがとう、バルドメロ。では、事情の説明をするけれど――」

ナイジェルが調査の最中に攫われたこと、そして彼の行方を捜すために反王派のことを探りたいという説明をしていくと、バルドメロの表情が険しくなっていった。

「ナイジェルが……攫われたのですか」

「ええ、ナイジェルの身分に関する噂の真偽はともかくとして。反王派は同志の気勢を上げるためにナイジェルのことを利用しようとし、攫ったのだと思うの」

「なるほど、だから反王派のことを……。友人を助けるためでしたら、張り切らせていただきますよ。しかし、あのナイジェルが大人しく攫われるとは」

バルドメロはそう言いながら、眉を顰めつつ形のよい顎を擦る。

「それも不思議なのよね」

ナイジェルはマッケンジー卿に認められた実力者だ。ナイジェルの実力ならば、相手を撃退するなり、逃げるなりできそうなものなのに。

「よほどの手練れでもいましたかね。それでも納得が難しいですが」

「ナイジェルの腕を高く買っているのね」

「ええ。あいつは騎士学校を首席の成績で卒業し、その後マッケンジー卿直属で働いていたエリートですからね。騎士学校在学中に何十回と剣を合わせておりますが、勝てたことは片手で数えるほどしかありません。俺も……弱いつもりはないのですが」

あらあら、貴重なナイジェルの騎士学校在学中のお話だ。バルドメロは実力者だ。学園で仕事をしている騎士たちは、時折訓練のための試合を行うことがある。その試合でバルドメロは連戦連勝をしており、さすがナイジェルの推薦だと思ったものだ。そんなバルドメロがこんなふうに手放しで言うほどに、ナイジェルは強いのね。

「ふふふ」

ついつい口元が緩み、忍び笑いが零れてしまう。

「レディ、嬉しそうですね？」

「義弟が褒められて、嬉しくない義姉はいないわ」

「たしかに、俺も妹たちが褒められると嬉しいです」

「バルドメロの妹なら、皆美人なのでしょうね」

「はい、皆世界で一番可愛いです」

　てらいなく言ってバルドメロは嬉しそうに笑う。その様子につられてわたくしの頬もさらに緩んでしまう。だけど……ナイジェルのことが脳裏を過り、自然と眉尻が下がってしまった。

「早く……ナイジェルを見つけたいわ」

「そうですね、ウィレミナ嬢。まずはどのパーティーに行くのです？」

「えっと、こちらのね」

　机の上に並んだ封筒を指し示しながら、バルドメロとパーティーの相談をする。そんな最中に新たな招待の手紙を抱えたエイリンが部屋へとやってきて、その数にわたくしは苦笑いをすることになった。

第四章　わたくしと義弟は奔走する

　バルドメロにエスコートをされながらパーティーの会場に入ると、衆目がこちらに一気に集まる。

「見て。ガザード公爵家のウィレミナ様よ」

「本当だ。あまり社交には出ない方だと聞いていたが……めずらしいな。すっかりお美しくなられて」

　そしてさっそく、噂話の的となった。

「そういえば。メイエ侯爵家のテランス様が、他家の跡継ぎになることが決まったそうね。ウィレミナ様の婚約者候補の座は、当然辞退したのだとか」

「婚約者候補はほかにも何人かいるが、一番懇意にされていたのはテランス様だったな」

「……失恋の傷を癒やしにいらしたのかしら。ほかのパーティーにも参加のご予定があると聞くし。あの逃した魚は大きすぎるものね」

「しかし、隣に連れている男もなかなかのいい男じゃないか。意外に奔放なのだな、ウィレミナ嬢は」

「いやいや、昔から貞淑がすぎるご令嬢だと聞いているぞ。それに、彼は帯剣している。護衛なのだろうよ」

「ナイジェル様の件について、ウィレミナ嬢はなにかご存じなのだろうか」

「……お近づきになれたら、聞いてみたいところだな」

人々が勝手なことを口にし、楽しそうに下世話な忍び笑いを零す。その会話は耳をそよ風のように撫で、わたくしが視線を送ると焦ったようにぴたりと止む。

……なるほど。わたくしは失恋の傷を癒やすために、パーティーに出ていると思われているのね。根も葉もない噂というものは、こうやって生まれ広がっていくのだろう。普通にパーティーに参加ができるのだから、そう思われているのはとても好都合だけれど。

「レディ、貴女は寂しい女性だったのですね。貴女の悲しみに思い至ることができないなんて……」

同じく周囲の会話が耳に入ったのだろうバルドメロが、おどけたような口調で言う。続けてわたくしの手を取ると、優しく手の甲に口づけた。

「ありがとう、バルドメロ。だけど慰めは結構よ。わたくしこう見えて、とても強い女なの」

「承知しました、レディ」

バルドメロはそう言うと軽く片目を瞑る。そんな彼の所作を目にして、周囲の令嬢や御婦人たちがほうと吐息を漏らした。

「さて……」

本日はハーパサロ伯爵家の街屋敷でのパーティーだ。

デュメリ公爵家が断絶になるまで……ハーパサロ伯爵家はデュメリ公爵家の『腰巾着』で過激なくらいの元王妃派だった。しかし今となってはその腰巾着をする先は失われ、次の寄生先がなかなか見つからずにいる。お父様は旧デュメリ公爵家派に対して、長い確執があったこともあり硬軟で言えば『硬』という態度だし……。わたくしを介してお父様に近づきたくて堪らないでしょうね。

——わたくしは、釣り針だ。

ナイジェルの情報を釣り上げるための大きな釣り針。

バルドメロにエスコートをされて歩いていると、人波をかき分けてハーパサロ伯爵とその夫人がこちらへとやってくるのが見える。

……今晩釣り針に魚はかかるのかしら。

そんなことを考えながら、口元を扇子で隠す。そして目を細めながら、わたくしも揉み手をしているハーパサロ伯爵のもとへと向かった。

ハーパサロ伯爵家主催のパーティーを皮切りに、いくつかのパーティーに参加をしたけれど……。反王派らしき人間の尻尾やナイジェルの行方に関する手がかりは、なかなか摑めずにいる。

ガザード公爵家に擦り寄りたい、そしてテランス様がいた位置へと収まりたい人間にはたくさん巡り合ったけれど。面倒なだけで、なんの実りにもならないわね。社交への参加はなかなか疲れるものだし、学園の授業をお休みする日も多くなり少しばかり後ろめたい。

わたくしのことを心配するお父様からの手紙も、毎日届く。その内容は『変な男には気をつけて』とか、『なにか変なことをされたら、私にちゃんと報告するんだよ』とか、『あの騎士との距離が近すぎではないかな？』とか。そんな内容ばかりだ。お父様ったら、心配性がすぎるのよ。わたくしが参加するパーティーには……恐らくお父様の密偵もいるのでしょうね。……心配されて嬉しくないわけではないのだけれど、わたくしの心配に人員を充てずにナイジェルの捜索に充ててほしいわ。

ナイジェルの居場所の手がかりが見つからないことへの焦りは、日々募るばかりだ。

あの子は本当に、どこに行ってしまったのだろう。ちゃんと、無事でいるのかしら。

不安で心が折れそうになる時もあるけれど……。折れている場合ではないのよね。わたくしはナイジェルの手がかりが掴めるまで、頑張らないといけないのだ。

「お疲れ様です、レディ。一緒に頑張りましょう」こういう調べ物には、根気が必要ですからね」

今日も招待状の数々を前に唸っていると、バルドメロが紅茶と茶菓子を差し出しながらねぎらってくれる。

「バルドメロこそお疲れ様。連日付き合ってくれてありがとう」

「いえいえ、役得だと思っておりますよ。これをあの姉べったりに知られたら、俺は殺されてしまいそうだ」

バルドメロはそう言うと、悪戯っぽい笑みを浮かべながら唇に人差し指を軽く当てた。彼の仕草はいつでも『伊達男』という感じだ。

「ふふ、大げさね。そうだ、今回の件が落ち着いたら、貴方と妹さんたちになにか贈り物をさせてね。わたくしからの、ささやかなお礼」

「それは、我が家の家宝になりそうですね」

バルドメロは恐縮ですというように、軽く頭を下げる。

「本当に大げさね」

「そんなことはございませんよ。妹たちも、きっと喜びます」

妹たちのことを想像しているのか、彼は嬉しそうに口元を緩める。バルドメロが大事にしている妹たちへの贈り物……精一杯考えてよりよいものを贈りたいわね。

「さて、レディ。今夜は……。どこの狩り場に行くのです？」

バルドメロが、きらりと瞳を光らせる。

「今夜は、レンダーノ公爵家と懇意にしている家のパーティーにお邪魔するわ」

「ふむ、今度はレンダーノ公爵家関係ですか。もしや、レンダーノの華も参加しているのですか？」

──レンダーノの華。それはクラウディアのことね。

「参加者リストの中にはいらしたわね。きっと会えると思うわよ」

「それは楽しみですね。社交界の華を目にする機会など、なかなかありませんから」

バルドメロはそう言って、にこりと微笑んだ。

ナイジェルと外出した時に出会った、クラウディアの美しい姿を思い浮かべる。

彼女は……本当に美しい人だった。パーティーのために着飾った姿は、さらに美しいものなのでしょうね。それを目にできるのは、純粋に楽しみだわ。美しい人を見ることは、目の保養になるもの。

「さて……パーティーの準備をしないとね」

「では、エイリンさんを呼んできましょう」

わたくしのつぶやきを耳にしたバルドメロが、エイリンを呼びに行ってくれる。

「お嬢様。準備をいたしますね」

バルドメロに連れられ部屋にやってきたエイリンは、見るからに張り切っている。エイリンいわく『常々、お嬢様を着飾る機会が少なすぎると思っていたのです』ということらしい。

たしかに、平素はほかのご令嬢と比べて社交への参加が多くはないものね。なにやら不穏な事情があっての参加だとはわかっているものの、ついつい張り切ってしまう……と話していたエイリンの頬は今日も緩んでいる。

「ふふ、今日はどんなふうにお嬢様を飾りましょうか……！」

「お手柔らかにね、エイリン」

「いいえ。容赦なく飾らせていただきます」

エイリンはきっぱりと言い切ると、クローゼットの中のドレスをしばらく眺めてから一着のドレスに決めたようだった。

楽しそうなエイリンに、頭の先から足の先まで飾られる。着飾るのは嫌いではないけれど……最近の頻度だとかなり疲れはするわね。

「今夜も美しいですね、レディ」

「…………ありがとう、バルドメロ」

エイリンから身支度が終わったと告げられ部屋に戻ってきたバルドメロが、いつもの通りに褒め言葉をくれる。わたくしは少しばかり疲労の滲む声で、お礼を口にしたのだった。
バルドメロと連れ立って今夜のパーティー会場である、クライフ伯爵家の街屋敷へと向かう。

クライフ伯爵家はレンダーノ公爵家と昔から懇意にしている家で、ガザード公爵家とは縁が薄い。……それどころか、お父様のことを敵視しているきらいがあるわね。そんな家からも招待状がくるなんて……。世間は今流れている『噂』に、それだけ関心があるのだろう。

パーティーの時間が近づいている。わたくしは頭を振って疲労を振り払い、バルドメロと連れ立ってクライフ伯爵家の屋敷へと向かった。

「これは……派手ですね」

屋敷に着き、パーティーが行われている大広間へと案内される最中。バルドメロが、廊下のギラギラとした装飾に目をやりながらぽつりとつぶやいた。

「……本当ね」

わたくしも、バルドメロに同意を示す。クライフ伯爵家の装飾は……なんというかとても派手だ。富を誇示したいのか、純粋に家主の趣味なのか……。絢爛な廊下をしばらく歩くと、大広間へたどり着く。従僕がわたくしたちの到着を告げると、人々の注目がこちらへ集まった。

「さて、今夜も頑張りましょうか」

「そうですね、レディ」

差し出された手を取り、大広間へと足を踏み出す。皆が話しかけてほしそうな様子でわたくしたちに視線を送るけれど、ひとまずは気づかないフリをして主催者を目で探す。

「クライフ伯爵はあちらのようですね」

バルドメロに言われてそちらに視線をやれば、一人の派手な服装をした小太りの壮年男性のところに列ができている。そして、その男性の側には見たことのある顔がいた。

「あら……一緒にいるのは。クラウディアだわ」

わたくしの言葉を聞いて、バルドメロが目を凝らす。そして「ほう」と小さくつぶやく。

「なるほど、彼女が例の。たしかに美しい女性ですね」

「そうね。浮き世離れしている美しさというか……」

「レディや妹たちも、当然美しいですけれどね」

「バルドメロから見れば、すべての女性が美しいの範囲に収まるようね」

「すべての女性に美点は備わっていますから。その女性たちの中でも特に、妹たちは素敵だと思いますが」

彼はそう言うと、にこりと人好きのする笑みを浮かべた。

バルドメロはいつでも令嬢たちに惜しみない賛辞を向ける。ひとりひとりの美点を見出し、心からの気持ちで。それは彼の美点ではあるけれど……。婚約者となる女性は、きっとやきもきするだろう。妹が全員嫁に行くまで自分の結婚のことは考えないとバルドメロは言っていたので、それは当分先になるのでしょうけれど。

　改めて、クラウディアの姿を観察する。

　クラウディアは胸の部分が大きく開いた緋色のドレスを身に着けており、美しい形の鎖骨から胸元までが大胆に露わになっている。ドレスの袖やスカートには黒のシャンティレースがあしらわれていて、黒のレースを通して緋色が透ける意匠は大人の色香を感じさせるデザインだ。髪は細かく巻かれ、華やかな造花とリボンで飾られている。

　美しく華やかな彼女の存在の前では、屋敷の装飾の派手派手しさも霞んでしまうわね。

　ふと。クラウディアの視線が動き、わたくしの上で止まる。彼女はにこりと微笑むと、優美な足取りでこちらへとやってきた。そんな彼女を目にして、クライフ伯爵らしい男性は大いに慌てた様子だ。けれど彼が制止するよりも早く、クラウディアはわたくしのもとへとたどり着いてしまった。

「よい夜ですね、ウィレミナ様」

　公爵家の娘に平民が堂々と話しかけたことに、周囲は騒然とする。

　……先日のことといい、この方は物怖じしないわね。

「レディ。物事には順序というものがあるのですよ」

バルドメロがわたくしたちの間に割って入り、クラウディアの態度を窘める。そんな彼を目を丸くして見つめたあとに、クラウディアは愛らしい笑みを浮かべた。

「いけないわ、私ったらまた無作法を。本当に申し訳ありません」

クラウディアは素直に謝罪をすると、綺麗な所作で頭を下げる。

……無礼があっても『平民』だから、そしてレンダーノ公爵が背後にいるから。下に見られつつも、多少の無礼は許されるだろう。そんな打算が、彼女の奔放さには垣間見えるように思える。

なんとも度胸のある方ね。自身の武器を理解しての行動は、嫌いではないわ。わたくしはまだ二度しか会っていないこの度胸のある女性に、ある種の好感を抱いていた。

「ウィレミナ様。言葉を交わす幸運を、私にお恵み下さいませんか」

「先日お話しした仲ですもの。お話くらい、喜んで」

彼女がなぜわたくしに話し掛けてきたのか。その理由はわからないけれど。クラウディアは探りたい相手であるレンダーノ公爵に近しい相手だ。今のわたくしの状況を考えれば、お話ができることは僥倖である。

「ふふ、嬉しいです。では、あちらで少しお話をしましょう」

クラウディアはそう言って微笑むと、指先まで手入れをされた手でわたくしの手を取り、会場の一角にある休憩用のスペースへと導こうとする。

「少しだけ、お待ちになって」

その動きをそっと止めてから、わたくしは近くまでやって来ており話しかける機会を窺っていたクライフ伯爵に向き直った。主催者の顔に泥を塗るような真似は、礼儀としてよろしくないわ。

「クライフ伯爵。このたびはお招きくださり、ありがとうございます」

「ガザード公爵令嬢。こちらこそ、お越しいただけまして光栄です」

話しかければ、クライフ伯爵はあからさまなくらいにほっとした表情で言葉を交わす。

さらに二言三言言葉を交わしてから、クラウディアのもとへとわたくしは戻った。

「まぁ、私。また気遣いができなかったようで」

クラウディアはそう言うと、無邪気な表情で大きな目を数度瞬かせる。

「あら。今のはわざとだったのではなくて？」

わたくしが声を潜めてそう返すと……。彼女は少女めいた愛らしい笑顔を、少し悪い笑みに変えた。

「……バレてしまいました？　クライフ伯爵には先ほどしつこく腰を抱かれたので、少しばかり仕返ししたい気分でしたの」

「まぁ。それは大変でしたね」

ふつうのご令嬢相手なら、そんなことをすれば家同士の問題になりかねない。社交界の華といえど、平民ならではの苦労はあるのだろう。

「ずいぶんと、護衛が多いですね」

ぽつりとバルドメロがそんなことをつぶやく。

わたくしたちの背後にぞろぞろと付き従うのは、先日も目にしたレンダーノ公爵家の騎士たちだ。たしかに、これは護衛というよりも。

――まるで、クラウディアを見張っているような。

違和感を覚えて、わたくしは眉を顰める。独占欲の表れだろうか。もしくは、クラウディアが……漏れてはならないなにかを知っている？

そんな思考を巡らせている間に、わたくしたちは奥まったところにある休憩スペースへとたどり着く。クラウディアの背後にはまたずらりと騎士たちが並ぼうとしたけれど……。

「ねぇ、貴方たち。わたくし、男性を侍らせて喜ぶ趣味はないの。落ち着かないから、もう少しだけ離れたところにいてくださらない？」

わざと居丈高な口調でわたくしが言えば、騎士たちは少し鼻白んだ様子になった。

しかしガザード公爵家の娘に逆らうわけにもいかず、「承知しました」と責任者らしき騎士が慇懃無礼な態度で承知の言葉を伝え先ほどよりも少しだけ離れた場所に立つ。会話が聞こえるか聞こえないか……微妙な距離ね。会場は騒がしいけれど、あからさますぎる会話はしない方が無難だろう。

騎士たちのこともあるけれど、どこに耳や目があるかわからないのが社交界ですもの。さて。彼女がなにかご存じないか……どう探りを入れようかしら。

「先日はせっかくお声掛けいただいたのに、お店に寄れずにごめんなさいね」

「いいえ、機会はこれからも作れますもの」

クラウディアはそう言うと、無邪気な笑みを浮かべる。

「ガザード公爵家の娘と親しくして、レンダーノ公爵はお怒りにならないの？」

「怒るかもしれませんね。あの方、とっても焼きもち焼きだから。私が完全なる管理下にいないと、気が済まないのです」

彼女はそう言うと、整然と並んでいる騎士たちに視線を向ける。彼らはクラウディアの一挙手一投足を見逃すまいとでもするかのようにこちらを見つめており、わたくしは『ああ』と納得を覚えた。

「……レンダーノ公爵に、愛されていらっしゃるのですね」

『管理下』という言葉が非常に気になるけれど。独占欲というのも、ひとつの愛の形ではあるものね。ナイジェルも独占欲が強い方に思えるけれど……『管理』という方向性とは違うような気がする。彼はいつだって、わたくしの意思を尊重してくれるから。それは信頼を感じることで、嬉しいことのように思える。

「ふふ、どうかしら。物扱いを愛されていると表現するのなら、そうかもしれませんわね。

たくさんの親切もしてくださいますし、この生活には満足していますけれど」

「……親切？」

「公爵は私を飾ることに対しての金銭は惜しまない方ですし、妹を王宮の侍女に取り立ててくださったりと身内にも親切にしてくださいます」

「まぁ、妹君を」

それは平民に対して破格の扱いね。王宮の侍女は貴族の子女たちばかりだ。その中にレンダーノ公爵の後ろ盾があるとはいえ、平民が加わるなんて……。陰惨ないじめなどに遭わないか、多少どころではなく不安になってしまうわね。

「可愛い妹が、王宮でひどい目に遭っていないか心配ではあるのですけど。公爵様のご厚意を無下にもできず」

クラウディアはそう言うと、細い眉を悲しげに顰めた。それは仕草や表情がどこか芝居がかっている彼女の……素の表情に思えた。妹のことが本当に心配なのだろう。わたくしの側にいるバルドメロが、うんうんと深く頷いている。考えてみれば、この場にいるのは皆弟妹がいるものばかりね。わたくしの場合は義理の上に、血の繋がりもないのだけど。

「弟妹のことが心配な気持ちは、よくわかります」

「ウィレミナ様も、弟君が今とても大変なご状況ですものね」

「そうね。真偽不明な噂が出回っていて、本当に困惑しきりなの」

そんな話をしていると……レンダーノ公爵家の騎士の一人がこちらへとやってくる。

「クラウディア。……そろそろ、お暇する時間ですよ」

そして、そんなふうにクラウディアに耳打ちをした。その表情や声音は明らかに苛立ちの滲むものだ。それを目にして、わたくしは内心首を傾げた。

「あら、いけない。そうだったかしら」

クラウディアはおっとりとした口調でそう言うと、席から立ち上がる。そして、こちらに美しい一礼をした。

「ウィレミナ様。またお会いできることを願っておりますわ」

「ええ、わたくしも」

別れの挨拶を交わしてから、たくさんの騎士に囲まれて去っていく彼女の華奢な背中を見送る。

「……おかしいわね」

「レディもそう思いましたか」

「ええ。騎士の割り込んでくるタイミングが、なんだか強引というか。わたくしたちの……会話を終わらせたがっているように感じたわ」

「同感です、レディ」

「それに……見て」

会場の出口に向けて歩いているクラウディアだけれど……。先ほど呼びにきた騎士と、なんだか険悪な雰囲気になっている。騎士がなにかを責め、クラウディアがそれを笑顔で躱す。そんな様子に見えるわね。

「先ほどの会話の中に『本来なら話してはいけないこと』が……含まれていた？　それを、わたくしに伝えたかったとか」

バルドメロとわたくしは、顔を見合わせる。先ほどの会話は他愛のないものばかりに思えた。

クラウディアの妹の話かしら。それともナイジェルの話に差し掛かろうとしていたから？

「レディ」

そんな思索に浸っていると、バルドメロに声をかけられる。顔を上げ、彼の視線につられて周囲を見れば……。

わたくしはご挨拶をしたそうな人々に遠巻きに、だけど確実に取り囲まれていた。

……クラウディアのことは気になるけれど。こちらもなんとかしないといけないわね。

紳士クラブを巡っての調査の際に、男たちに襲われ――。

私は『素直』に、男たちに連れ去られてやった。

一瞬の動作も見逃すまいと私を見張る男たちに囲まれつつ、二週間と少しほどをかけて馬車で運ばれて……。たどり着いたのは一軒の屋敷だった。

……ここに、反王派の首魁がいるのか？

後ろ手に縛られた私は、少しばかり痛む肩に眉を顰めながら屋敷を見上げ考える。

なかなか立派な屋敷だが、規模的に本邸ではないだろう。手持ちの屋敷のひとつだろうか。

「ナイジェル様。無礼を働いてしまい申し訳ありません。お逃げにならないと約束してくださるのなら、すぐに縄は解きますので」

「……逃げる気なんて、とっくに失せていますよ」

「それは、重畳」

私の言葉に生真面目な表情で答えてから、男は腕を縛っていた縄を解く。こんなもの何度でも解く機会はあったので、縛らせていたのは当然わざとだ。やつらは私が大人しくしていることで多少警戒が緩んでおり、耳をそばだてていると道中に多少の会話も耳にすることができた。

その会話の中にはいくつかの貴族の名と……三大公爵家であるレンダーノ公爵家の名が含まれていた。

首魁としては、じゅうぶんの貫禄といったところだろうか。

デュメリ公爵家が王妃の企みにより取り潰しとなり、レンダーノ公爵家が反乱を企て……。王家を古くから支えていた三大公爵家という機能が、大きな綻びを迎えている。

この国は変革の時期にきているのかもしれない。

そんなことを考えながら、私は屋敷の玄関へと足を踏み出した。

——時は、紳士クラブ巡りをした夜へと遡る。

「ナイジェル」

身なりを整え紳士クラブへ出かけようとした時、玄関ホールでマッケンジー卿に声をかけられた。

「なんですか、マッケンジー卿」

「元王妃経由で、お前があいつの息子だってバレてることは確実だ。やつらはお前との接触を試みるかもしれねぇ」

マッケンジー卿はこちらに近づくと、彼にしては抑え気味の声でそう言った。

「私と接触、ですか」

「元王妃は第一王子を立てたいんだろうが……。やつらを逃すことに手を貸した連中はそうは、考えていない場合があるってことだ」

「……なるほど」

マッケンジー卿の言葉に私は納得をする。殿下はいつ儚くなってもおかしくないくらいに、お体が弱い。そんな殿下を立てるのでは、話に乗りたい潜在的な反王派貴族も二の足を踏むだろう。しかし……。

王弟殿下の遺族で、健康で成人も近い男子である私を立てるのであれば、話がまったく違ってくる。

「エヴラール殿下を立てないとなると、ほかの大義がいる。その役割を先方が私に求めるかもしれない……ということですね」

「ほんと、お前はうってつけだよな。陛下を恨む理由もあるし、血筋もたしかだ。あちらが求める『物語』を作りやすい」

陛下は私の父と母を、間接的にだが『殺した』とも言える。その事実を前面に押し出し、悲劇の王族として私を持ち上げる。そちらの方がエヴラール殿下を立てるよりは求心力が増すだろう。そんな使われ方をするのは、ごめんだが。

「では、接触があればそれを利用しましょう。『誘い』があるようなら……それに乗ります。そして、相手の出方を内側から探りましょう」

強い口調でそう言えば、マッケンジー卿はにやりと笑う。そして太い指で自身の顎を撫でた。

「ほーん、面白ぇな。お前を旗印にしたいやつらがお前を殺すようなことは、ないだろうしな。元王妃もやつらの協力が必要不可欠であるからして……国家転覆が成せるまではお前に手を出さねぇだろう」

国家転覆を成したあとであれば、あの女のことだから後ろから刺しかねないが。国家転覆なんて事態にするつもりは毛頭ない。

……正直な気持ちを言えば、国王陛下のことが憎いとは思っている。

姉様との婚約の件に関しては、たしかな殺意も湧いた。

けれど……姉様はこの国を愛しており、将来の国の柱となるべく努力をしてらっしゃるのだ。姉様のためならば、私の私情なんてものは二の次だ。

「マッケンジー卿。エンシオをお借りできますか？　私が攫われた際に、彼なら見つからずに跡をつけられると思うので」

エンシオはマッケンジー卿の手持ちの中でも一番優秀な間諜だ。見つからずに跡をつけるくらい、造作もないだろう。彼にはマッケンジー卿との連絡役になってもらわねば。

「……そうだな。今晩から、あいつをつけておこう」

「エンシオには、どの程度の事情を話しましょうか」

「諜報も頼むとなると隠せるもんでもねぇし、ぜんぶ話しちまおう。あとでなんかあったとしたら、責任は俺が取るよ。エンシオ！」

マッケンジー卿が叫ぶと、二階の方から忙しない気配がしてエンシオが階段を早足で下りてきた。その顔は『主人に呼ばれた犬』のようにキラキラと輝いている。本当にこの男は、重度のマッケンジー卿信者だな。

「マッケンジー卿、なにか御用ですか！」

……犬。もといエンシオはマッケンジー卿へと駆け寄る。マッケンジー卿はそんなエンシオの頭をわしわしと乱暴に撫でた。エンシオは頭をぐらぐらと激しく揺らしながらも、嬉しそうに撫でられる。

「悪ぃな、急に呼びつけて。しばらくナイジェルについててほしいんだが、いいか？」

「もちろんです」

マッケンジー卿の命令に対して、エンシオは嬉しそうに二つ返事である。本当に大丈夫なのだろうか、この男は。

「だけどどうしてナイジェルに？　ナイジェルには護衛なんて必要ないですよね？　なに

か別の目的が？」

矢継ぎ早にエンシオが問いかける。マッケンジー卿はどう説明するか悩んだ様子で腕を組み……。

「ナイジェル、説明してやれ」

面倒になったのか、私にすべてを丸投げした。……この面倒くさがりめ。

エンシオに一通りの説明をすると、彼の目はまんまるになる。しかししばらくすると、その口元には楽しそうな笑みが浮かんだ。

「ふーん」

「なんですか、その顔は」

「いや。高貴な人がさらに高貴な人だったなんて、面白いなぁって。殿下って呼んでもいい？」

「……黙れ」

こう見えてエンシオは口が堅い。そうでないと、マッケンジー卿に間諜として信頼されることなどあるはずがない。しかし秘密を知っている当事者同士となると、こういう絡み方をしてくるのが本当に面倒だ。

エンシオの唇を指でひねり上げ、無理やり黙らせる。そして、マッケンジー卿に視線を向けた。

「ガザード公爵や国王陛下には、私が内部潜入しようとしていることは内密にお願いしたいのですが。場合によってはマッケンジー卿のお立場が危うくなることなので、貴方の判断にお任せしたいと」

「ん？　なんのことだ？　俺はなーんも聞いてねぇぞ。お前が間抜けにも攫われるかもしれねーなんて話はな」

「……いいの、ですか？」

「この行動の結果、反王派を叩き潰せればあとからいくらでもチャラになるさ」

姉様にも言えないな。姉様に反対をされれば、覚悟が鈍ってしまう。これは……姉様との未来のために必要なことなのだ。

私の貢献で反乱の鎮圧ができれば姉様との婚約に関する交渉を再度する際の、大きなカードになるかもしれない。

拉致された先で屋敷の中へと案内された私は、食事と入浴ののちに客室に連れていかれた。私の扱いはとても丁寧なもので、ただの屋敷に招待された客人のような気分になる。

ただし、部屋の外には常に見張りがいるが。

深夜になったら抜け出して屋敷の中を探るか……などと考えていると、部屋の扉がノッ

クされた。返事をすると、私を運んできた男の一人が顔を出す。

「ナイジェル殿下、会わせたい方々がいるのですが……」

彼は跪きながらそう告げる。元王妃やレンダーノ公爵家の関係者か。もしくは御本人たちだろうか。

「そうですね。この招待へのお礼を言わないといけませんからね」

そう言って座っていた長椅子から立ち上がり、軽く伸びをする。そして、男のあとについて歩きはじめた。歩きながら、私は屋敷の中を観察する。決して小さな屋敷ではない。が、明らかに人の出入りが多い。こんな動きをしていたらいずれ、ガザード公爵やマッケンジー卿に嗅ぎつけられてしまうだろうに。

……それを理解していて、嗅ぎつけられる前に決着を付けるつもりなのか。その準備はすでに、できているということか？

そんなことを考えている間に、一室の前へとたどり着く。

「ナイジェル様をお連れしました」

「……入りなさい」

男が室内に声をかけると以前聞いた、そして二度と聞きたくなかった声が耳に届いた。

扉が開き、室内が見通せるようになる。視線を動かすと豪奢な応接セットが目に入り、三人の男女がいるのが見えた。

女性にはやはり見覚えがある。しかし残りの男性二人ははじめて見る顔だ。

私は彼らの方に近づくと……軽く頭を下げた。

「お久しぶりね。先日は、まんまとしてやられたわ。そのおかげで、このざまよ」

そう言って、長椅子に深く腰掛けた女は紅い唇を笑みの形に変える。私はそんな彼女に微笑みを返した。すると女は気分を害したように眉を顰める。

相変わらず艶やかな毒花のような女だ。以前会った時よりも頬はやつれており、シンプルなデイドレスしか身に纏っておらず髪もしどけなく垂らしている。女の手の中にはワインが入ったグラスがあり、上気した頬からはそれなりに飲んでいることが窺える。

「久しいですね、王妃陛下……いえ。ダニエラ様。お二方は、はじめましてですね」

私の挨拶を聞いて、女……ダニエラは眉間に深い皺を寄せて小さく鼻を鳴らす。私に対するわだかまりはあって当然なので、この女にどんな態度を取られても気にしないことにしよう。

「ところで……」

言葉尻を濁しつつ、謎の男二人に視線をやる。謎の……といってもどちらの正体にも想像はついているが。

一人は若い男。折れそうなくらいに細い体をした、いかにも病弱そうな男だ。肩までの長さの金色の髪に縁取られたその顔は絶世という言葉が似合うくらいに美しいもので、眉尻が垂れた青の瞳は知性の光に満ちている。その瞳の奥には、こちらへの罪悪感が見え隠れしていた。この人が……第一王子エヴラール殿下なのだろう。

もう一人は、ガザード公爵と同じ年頃に見える黒髪の男。彼は長身を仕立てのいい衣服に包んでおり、いかにも伊達男という雰囲気だ。鼻筋がはっきりと通った鷲鼻、酷薄さを感じさせる薄い唇。こちらを見つめる、冷たい光を宿した紫紺の瞳。こいつが、恐らく――。

「はじめまして、ナイジェル殿下。私はコンスタンツォと申します」

男は一歩足を踏み出すと、芝居がかった所作で一礼をした。

「コンスタンツォ……レンダーノ公爵家のご当主ですか」

今はじめて知った。そんな口調で驚いてみせる。するとレンダーノ公爵は、楽しそうな笑い声を立てた。

「いやはや、私のような矮小な存在のことを存じてくださっていたのですね」

「三大公爵家の長のことを、知らないわけがありませんよ。それで。この『ご招待』の目的を……そろそろお教えいただきたいのですが」

私の言葉を聞いて、レンダーノ公爵は唇の端を大きくつり上げた笑みを作る。その笑顔は……まるで悪魔のようだと私は感じた。

「目的、ですか。そうですね。我々のもとにいてくだされば、それでいいのです。それだけで貴方は役に立つ」

「ここにいるだけ……ですか」

　ガザード公爵にも『いるだけでいい』と言われたことがあるな。その時とは、かなり状況が違うが。

　この場合の『いるだけでいい』は、反乱の旗印として存在すること、そして反乱が成功したあかつきには傀儡としていることを望まれているのだろう。

　私の存在は、どの陣営にとっても都合のいい存在らしいな。心の底からありがた迷惑な話だ。

「そう。貴方はなにもしなくていいの。陛下とガザード公爵に利用されるだけの人生になんて、もう飽きたでしょう？」

　ダニエラはそう言ってくすくすと笑う。貴女方に利用される人生もまっぴらだが、という気持ちは胸の奥へと押し込み努めて顔には出さないようにする。

「我々が事を成したあかつきには、愛しの姉様との婚姻もお約束しますよ」

　レンダーノ公爵もそう言うと、芝居がかった動作で胸に手を当てずいとこちらに顔を近づけた。

　……そんなことまで、知られているのか。

　一体どこから漏れたのか。ふつうに考えれば、王宮にレンダーノ公爵のスパイがいるのだろうが……。

「それは、魅力的な提案ですね」

ついつい、心の底からの本音が漏れてしまう。

「そうでしょう、そうでしょう。貴方にとっても悪い話ではないと思うのです」

私の言葉を聞いたレンダーノ公爵は、実に楽しそうな声音で追従した。

「……もう少し、考えさせてください」

苦悩が滲む表情を作り、悩んでいるフリを見せる。

「ええ、構いませんよ。……貴方が手中にいてくだされば、我々的にはなんの問題もない」

「そうね、一生悩んでいただいても結構。のんびりと悩むといいわ」

ダニエラはそう言い、ワインを一気に呷る。そして背後に控えている従者にグラスを差し出す。従者は静かな動作で、ダニエラのグラスに赤い液体を注いだ。

この『会談』の間。……エヴラール殿下は一言も言葉を発さずに、私を静かに見つめるばかりだった。

ナイジェルの行方不明を知った日から、そろそろ二週間。

ナイジェルの行方に関する手がかりは、なかなか見つからない。そのことに、わたくしは焦燥を覚えていた。

ナイジェルは今、どうしているのだろう。酷い目に遭っていないといいのだけれど。嫌な想像が常につきまとい、時には不吉な悪夢も見た。だけど……そんなことに心を折られている場合ではないのだ。

彼の行方に関する直接的な手がかりは見つからないけれど、いくつか『動きがおかしい』家のことは摑むことができた。

特定の家たちの『会合』が増えた、とある家の『出費』が増えた。そういう種類の噂は耳聡いご婦人たちのところへも入ってくる。パーティーへの参加によってご婦人たちとの会話の機会が増えていくうちに、そんな話がわたくしの耳にも入るようになったのだ。

そしてその噂の数々は……とある家の関与を匂わせていた。

「なるほど。レンダーノ公爵家が臭い、というわけね？」

そうつぶやいて、エルネスタ殿下は美しい形の眉を顰める。

本日参加のパーティーには、エルネスタ殿下とリュークも参加をしていた。せっかくなので少し話を……ということになり、会場の一角にテーブルを用意してもらったのだ。わたくしたちに近づいてくるような『命知らず』は今のところおらず、会場の騒々しさに声を潜めた会話はかき消されている。さらに言えば、人が近づかないようにバルドメロが見張りもしてくれている。なにを話しているのかとちらちらと視線は向けられるけれど……

それくらいなら気にもならないわね。

「そうですね。レンダーノ公爵家が寄る辺のなくなった元デュメリ公爵家派の勢力を取り込んでいる。情報を整理しそういう推測に至りました。お父様にもその情報は纏めてお渡ししておりますので、裏取りをしていただけるのではないかと。根拠が薄い話も多いので、間違っているかもしれませんが」

殿下の後ろに立って会話を聞きながら、リュークは微妙なお顔をしている。令嬢が余計なことに、明らかに首を突っ込んでいる光景を目の当たりにしているのだ。常識的な彼としては、思うところがいろいろあるのかもしれないわね。

「ナイジェルを中心に据えたからこそ、そんなことができているのでしょうね。あの女としては業腹でしょうけれど、お兄様には求心力がない」

ケーキにフォークを突き刺しつつの殿下の言葉に、わたくしはこくりと頷く。

いつ儚くなるかわからない病弱な第一王子と、敗残者である元王妃。そんな二人にベットする人間は、よほどのギャンブル下手だ。だけど……。

存命だった頃非常に優秀だったという王弟殿下の遺児だと噂されている、さまざまな才能に満ちたナイジェル。彼の存在は誘蛾灯のように、人生の一発逆転を狙う人々や、王弟殿下の面影を追っている人々を引き寄せてしまうのだろう。

ナイジェルの情報を探す過程で、生前の王弟殿下のことを知っている年代の人々と話すことがあった。その方々は口を揃えて『王弟殿下は素晴らしい人だった』と殿下のことを褒め称えていた。どこか……夢を見るような目つきで。

そんなに、王弟殿下は人望を集める人物だったのだろうか。存命の頃を知らないわたくしだから、やはり実感が伴わない。

「……王弟殿下はどういう方だったのでしょうか」

身内のことは、身内が知っているかもしれない。そんなことを思いながらエルネスタ殿下に訊ねてみる。殿下は口いっぱいに頬張っていたケーキを咀嚼し、飲み下した。

「殿下、お口の周りが汚れていますよ」

「あら、気が利くじゃない。もっと気を利かせていいのよ、リューク」

口の周囲についたクリームを呆れ顔のリュークが布で拭えば、彼女はなぜか満足そうなお顔になる。そして紅茶を口にしてから、口を開いた。

「そうね。お父様が稀に叔父様のことを話す機会があったけれど。大抵が悪態だったわ」

「……悪態」

殿下の言葉に、わたくしは目を丸くする。ご兄弟仲は……昔から悪かったのかしら。

「あれがいればもっと仕事が楽だった。あれが王位に就けばよかったのに。すべてを押しつけて女と逃げた卑怯者が……そんな愚痴ばっかり」

「それって……」

「そう、叔父様への期待の裏返しね。本当に有能な方だったみたいよ。ナイジェルと違って、柔和で優しい性格だったみたいだし」

エルネスタ殿下はそう言うと、悪戯っぽく笑う。

あの気難しそうな陛下がそこまで評価しているのだ。王弟殿下は、本当に優れた人物だったのね。

「お父様は一度だけ、二人のことを認めていればとも口にしていたわ。後悔先に立たずだけどね。そしてそんな後悔をしているくせに、また恋人たちの仲を引き裂こうとしているのだから……お父様は本当に馬鹿なの。何度後悔をしたら気が済むのかしら」

愛娘からこんなことを言われていると知ったら、陛下は愕然とするのでしょうね。先日のお父様の、愕然としたお顔を思い浮かべながらそう思う。

「才気に溢れた叔父様を慕っていた人々はとても多かった。……その息子であるナイジェルにも、同じものを求めている者たちがたくさんいるのでしょうね。本当に厄介なのよ。叔父様には、父以上のカリスマがあった」

殿下はパーティーを楽しむ人々に視線をやる。その中にはクラウディアの姿があった。

彼女は今日もたくさんの人に囲まれており、美しく微笑みながらそれに応対している。

……先日の会話のあとから。わたくしは人を使って、王宮に勤めるクラウディアの妹のことを探らせている。

クラウディアの妹の名は、ファンヌ。姉と違って容貌はかなり地味らしい。案の定、貴族の子女上がりの侍女たちに手酷い扱いを受けているらしく、クラウディアの懸念は当たってしまったわけだ。

あれはただの雑談で、この線からはなにも出ない可能性もあるけれど。なにもしないという選択肢はあり得ないものね。

「あれが巷で噂の孔雀女ね。私、はじめて見たわ」

殿下がクラウディアを観察しながらぽつりとつぶやく。

「……殿下。孔雀が派手なのは雄の方で、雌は地味なものですよ」

エルネスタ殿下の言葉に、リュークがそっと突っ込みを入れる。リュークは、案外いい度胸をしているわね。そして殿下は人を動物に喩えるのがお好きなのかもしれない。わたくしはなにに喩えられるのか、少し気になるわ。やっぱりお父様と同じく、狸だったりするのかしら。

「リューク、うるさい。……お前、あの孔雀女のような女のことはどう思っているの？」

リュークを探るような目つきで見ながら、殿下が訊ねる。するとリュークは少し目を丸くした。そして、頬を指先でかきながら困った様子を見せる。

「どうと申されても。もっと清楚な女性の方が、正直なところ好みですね。孔雀はやはり観賞専用だと思いますし。どちらかといえば、うさぎのような愛らしい女性を愛でたいと思う方なので……」

そう言ってから、リュークは恥ずかしそうに頬を赤くする。そして、照れ隠しをするようにこほんと咳払いをした。

まぁ、そういう考え方もあるのね。男性は皆、クラウディアのような女性のことがお好きだとばかり思っていたわ。

「……清楚でうさぎのような女性。そう、つまりは私のような女性ね。ほら、うさぎのように目も赤いわ」

殿下はそう言いながら、胸に手を当て得意げなお顔になる。リュークはそんな殿下に、明らかな困惑顔を向けた。

「エルネスタ殿下。それは――」

「なにか、文句でも？」

「……いえ。殿下は大変清楚にあらせられますので」

「そうでしょう。ふふ」

……二人はとても仲がいいわね。恋仲、という様子ではないようだけれど。

わたくしも早く……ナイジェルと話がしたい。そのために今日も、情報を探らないとならないわね。

エルネスタ殿下は周囲に視線を走らせ、給仕に目を留める。そして、軽く片手を上げた。すると銀の盆にいくつかの飲み物を載せた給仕がこちらへとやってくる。

殿下は盆から炭酸水のグラスを選び、ステムの部分を指先で持つと中身を揺らすように弄んだ。そんな何気ない仕草さえ美しい。

「……？」

ふと、強い視線を感じた。視線の主を探すと、クラウディアがわたくしを見つめている。その表情はいつも通りの優美なものだけれど……瞳に必死な色が宿っているように感じた。その視線に、不穏な気持ちをかき立てられる。

──彼女は、なにをわたくしに伝えたいの？

クラウディアの視線がすいと動く。その視線は……エルネスタ殿下が今まさに口をつけようとしているグラスにまっすぐに注がれていた。

「殿下、お待ち下さい」

囁き声で言って、殿下の手にそっと手を重ね動きを止める。殿下は少し怪訝そうな顔をしたけれど、すぐにわたくしの意図を察したようでグラスをテーブルに置いた。

「失礼いたします」

わたくしは身に着けていた銀の指輪を殿下が飲もうとしていた炭酸水の中へと落とす。すると指輪は……みるみるうちに真っ黒になった。飲み物には、ヒ素が入っていたようだ。

予想はしていても、これは心臓に悪いわね。

「……なんてことだ」

真っ黒になった指輪を目にしたバルドメロが呆然とつぶやく。同じく指輪を見つめているリュークの表情は、いつもの疲れ切ったお顔から怒りに満ちたものへと変わっていった。

「リューク、先ほどの給仕を確保して」

静かな声でエルネスタ殿下が命じるとリュークはすぐに行動に移り、人波をかき分けて去ろうとしている給仕のもとへ猛烈な勢いで向かう。給仕は彼の存在に気づき、逃げる足を速めて駆け足になるけれど人々に足止めをされてなかなか前に進めない様子だ。リュークはすぐに給仕に追いつき、男をやすやすと取り押さえてしまった。さすが殿下の護衛騎士ね。いつもの疲れた顔のリュークとは別人のようだわ。

捕縛の現場を見て皆が大きくどよめき、悲鳴もあちこちで上がる。

殿下が椅子から立って歩みを進め、わたくしとバルドメロもその後を追った。殿下の歩みに合わせて、人垣が綺麗に割れていく。その光景は劇の一場面を見ているようだ。殿下は給仕のもとへとたどり着くと……冷たい目をして彼を見下ろした。

「ねぇ……貴方は誰の手の者なのかしら？　素直に教えてくださらない？」

黒くなった指輪が入ったグラスを揺らしながら、エルネスタ殿下が冷淡な声音で問う。

「毒殺、未遂」

誰かがつぶやき、周囲はまた喧騒に包まれる。しかし……。

「うるさいのは、嫌い」

決して大きくない殿下の一声で、周囲は水を打ったようにしんと静まった。これが王者の貫禄というものなのだろう。

「誰が、言うか。エルネスタ殿下、命拾いをしたな」

給仕は言うとにやりと笑い……次の瞬間には口の端からたらりと血を垂らした。わたくしはそれを目にして、目を瞠る。

「貴様……！」

リュークが慌てて、男の口を手でこじ開ける。すると男の口からは、大量の血が溢れ出した。

――これは、恐らく毒を飲んだのだ。

いざという時に自死できるよう、奥歯にでも仕込んでいたのだろう。

「医師を呼べ。まだ助かるかもしれない！」

バルドメロが叫び、屋敷のフットマンが慌てて会場の外に行く様子が見えた。

「申し訳ありません、殿下」

リュークが床にくずおれてのたうつ給仕の体を押さえ込みながら、殿下に震える声で謝罪をする。その顔色は紙のように白く唇も青い。

「仕方がないわ。この男がこんなことをする覚悟ができているなんて、私だって想像していなかったのだし」

「違います。ウィレミナ嬢がいなかったら、貴女をお守りできなかった。どんな罰でも受けますので——」

リュークにしてはめずらしく、必死の形相で殿下に食い下がる。そんなリュークをエルネスタ殿下はしばらく見つめ……。

「それも仕方ないわ。私は王族だもの。こんなこと時勢によってはいくらでもあることでしょう。防ぎようのないことなんて、いくらでもあるわ。リュークごときが気にすることではないのよ」

エルネスタ殿下は微笑みを浮かべて、さらりと言った。それはさも当然のことを言っているというお顔で、王族としての悲しい覚悟とリュークへの気遣いを感じさせた。

「——ッ」

リュークの顔が強張り、唇がなにかを言いたげに震える。だけど彼は、もうなにも言うことなく静かに顔を伏せた。そうしている間に、血を流しすぎたのだろう男の動きがぴたりと止まる。

しばらくするとフットマンに連れられた医師がやってきて、男の様子をくまなく確認する。しかし……すぐに首を横に振った。

「だけど……意外ね。王位継承に関わりのない私が狙われるなんて」

殿下は愛らしい唇を尖らせながら首を傾げる。たしかにそうね。殿下を暗殺することによるメリットなんてものは、現状ない。では……恐らく。

「殿下のお命を取ることで、狼煙を上げようとしたのかもしれませんね。国王陛下の王女殿下たちに対するご寵愛は有名ですから」

「まぁ、それは迷惑な話」

わたくしが持論を述べると、殿下は腕を組みながら悪態をつく。

「そういえば……」

周囲を見回したけれど、目的の人物……クラウディアの姿は見当たらない。彼女はいつの間にか、姿を消してしまったらしい。

今回の暗殺劇を阻止できたのは、クラウディアのおかげだ。

クラウディアは、殿下の毒殺が行われることを知っていた。そして、それをわたくしを介して止めようとした。彼女はレンダーノ公爵側の人間ではないの？

一度目の邂逅は、恐らく偶然だったのだと思う。

だけど二度目、三度目は……偶然ではないようね。

クラウディアはわたくしに、なにかを求めている。

大きな借りもできてしまったし、彼女がわたくしに求めるものを……しっかりと理解しなければいけないわね。

この屋敷に私が連れてこられてから、数日が過ぎた。

ここはレンダーノ公爵領の西端で、屋敷は公爵の手持ちのもののひとつらしい。

屋敷には多くの兵が配置されており、さらに言えば護衛と称した見張りたちが私について回る。レンダーノ公爵は、私のことを逃がすつもりはさらさらないようだ。

……世間では、私の正体がレンダーノ公爵の部下によって吹聴されているそうだ。面倒なことだとは思うが、姉様とは他人なのだと世間に知られたことは好都合でもある。今頃、陛下やガザード公爵は頭を抱えているだろうが。

姉様は……元気だろうか。

今頃、私の身を案じているのだろうな。彼女の心境を思うと、胸が痛くなる。

姉様に会いたい。無事な姿を見せて、彼女を安心させたい。華奢な体を抱きしめ、柔らかな唇に口づけ、愛を囁きたい。

そのためにも……反乱の芽を摘み、疾く帰らねば。

「夜の空気を吸いに庭に出ても？」

「では、私どももお供します」

与えられている部屋を出て見張りの騎士に訊ねれば、いつものように返される。このやり取りにも、すっかり慣れたものだ。

エントランスから庭に出れば、何人もの兵士がおり物々しい様子だ。庭の美しさには、まったくそぐわないな。

兵の人数と警備の状況を確認しながら護衛を連れて庭を歩いていると……エヴラール殿下の痩身が目に入った。彼も夜の空気を吸いに庭に出ていたのだろう。ふと視線を動かし私のことを見つけると、殿下は美貌に笑みを浮かべる。その笑顔も、姿も……夜の闇に溶けてしまいそうな儚げな風情だ。

「ナイジェル殿」

彼は涼しげな声で私の名を呼ぶと、こちらへ歩みを進めた。

初の邂逅の際には、彼と話せなかった。それからも会う機会がなかったので、これがはじめての会話の機会となる。私は殿下に向けて、深々と一礼した。

「殿下、こんばんは。よい夜ですね」

「……そうだな、いい夜だ」

私たちは見つめ合う。この青年はエルネスタ殿下と同じく、私の従兄……のはずなのだが。私たち三人はちっとも似ていないな。

……殿下と二人だけで話をし、なにか情報を引き出せればいいのだが。

護衛たちに退散してもらうための口実を考えながら、沈黙していると……。

「お前たち。少し従弟殿と二人で話をしたいのだが」

そんなことを、エヴラール殿下の方から申し出てくれたのだ。護衛たちは顔を見合わせどうしたものかと思案している様子だった。

「私は逃げたりしませんので。少しの間だけ、よろしいでしょうか？」

「……少しの間ならば。離れたところから、見張りはさせていただきます」

この場の責任者なのだろう男が、一歩前に踏み出て険しい表情で言う。

「ナイジェル殿、こちらへ」

エヴラール殿下はそう言うと、美しい所作で身を翻す。彼が向かったのは、庭の片隅にある東屋だった。休憩用のテーブルと椅子が設えられており、たしかに話をするのによさそうだ。

護衛たちは本当に、私たちから少し離れた位置に立っている。私にはなにもできまいと高を括っているのか、それとも……もう『舞台』が整っているからなのか。

秋とはいえ、宵になれば肌寒い。エヴラール殿下は痩身をぶるりと震わせた。私たちは向かい合って腰を下ろす。そして、しばしの沈黙が落ちた。

「さて。なにを話そうか従弟殿。情けない話だが、私は母とレンダーノ公爵の傀儡でね。

話せることは、あまりないのだ」

あまりにも率直に反王派の話題を切り出され、私は驚く。

「……お見通しでしたか」

「体はこの通りぼろぼろだが、頭はまだしっかりしていてね」

エヴラール殿下はそう言いながら、自らのシャツの袖を捲る。現れた手首は折れそうなほどに細く、肌は血管が透けるように白かった。

「頼りない腕だろう？　こんな私でも……母上は王になれると信じている。我が母ながら、実に憐れで滑稽だ」

諦観を感じさせる表情で、佳人は長いまつ毛を伏せる。少女のように紅い唇からは細い吐息がほうと吐き出され、夜の空気をわずかに揺らした。

「……私の命が尽きれば、少なくとも母上の熱情は消え失せるのだろうに。争いの火種になるとわかっていて命を断てない勇気のない私を笑ってくれ、従弟殿」

「……それは、仕方がないことです。誰だって、命は惜しいものだ。私だって、争いが収まるから死んでくれと言われても死にたくはありませんからね」

私が命を断てば、収まる争いがあると言われたとして。それがどれだけ大きな争いだったとしても、私は自死などという姉様が悲しむような行為を選ぶつもりはない。エヴラール殿下だって、そんな理由で死ななければならないいわれはないはずだ。

「ふふ。そう言ってもらえると、少し気が休まるね」

穏やかに笑う殿下のお顔は仄白い。その白い頬をつうと汗が流れ、こうしているだけでも彼の体には大きな負担がかかっているだろうことが想像できた。

「ナイジェル殿。妹たちは元気かな」

……私が知っている殿下のご弟妹は、エルネスタ殿下と双子殿下だけだ。エルネスタ殿下に関しては、いつでもはちきれんばかりに元気だな。

「少なくとも、エルネスタ殿下はお元気ですね。双子殿下も前に拝謁した時にはお元気でした。残念ながら、ほかの姫君たちとは私は交流がありませんので」

「そうか。エルネスタも双子たちも元気か」

殿下の頬が嬉しそうに緩む。エルネスタ殿下もエヴラール殿下を慕っていたし、この義理兄妹の仲はとてもよかったのだろう。それがなぜ、このようなことになってしまったのか。

「デュメリ公爵家派の残党と、レンダーノ公爵家とその協力者。その二つを合わせても王国軍には勝てますまい。ダニエラ様の説得は無理なのでしょうか」

声をことさらに潜めて訊ねれば、殿下は痛みを堪えるような表情になる。現王政派、そしてガザード公爵家派は国内最大派閥だ。私の名を使って新たな協力者を募ったとして、五分五分などということには決してならないだろう。

とはいえ、戦というものには運も大きな要素として関わってくる。土壇場で盤面がひっくり返ることが、ないとも言い切れないが……。

「……何度も試みたよ。だけど、無駄だった」

エヴラール殿下は、指先で眉間に寄った皺を揉み込む。

「母上は国王陛下に自分のことを見てほしいのだろうね。こうして逃げて、大きな癇癪を起こしている間は……陛下は母上のことを考えるだろうから」

殿下の言葉の意味を呑み込むまでに……少しの時間がかかってしまった。陛下に追いかけてほしいという気持ちが、この逃亡と反乱の企ての理由の中心にあるというのか？

「それは……命がけの癇癪ですね。それも自分の命だけではなく、ほかのたくさんの人間の命まで巻き込んだ癇癪だ」

「馬鹿馬鹿しいと思うかい？　母上はそういう女性なのだ。ずっと……父上を恋しがっている」

皮肉げな笑みを浮かべて、彼はこちらを見つめる。私は首を静かに横に振ってみせた。

「馬鹿馬鹿しいとは思いません。しかし、それがあの陛下のためというのは……男性の趣味が悪いとしか思えない」

私だって姉様にこちらを見てもらうためなら……なんだってしたと思う。だから、馬鹿馬鹿しいとはまったく思えないのだ。共感すら覚えてしまう。しかし執着する相手が陛下というのは……本当にどうかと思うな。

……あの男はひねくれ者で、性格も悪い。

「はは、言うね。私も少しそう思うけれど。あんな不誠実な男のことなど、すぐに見限ればよかったんだ。愛人を作っても、その愛人と逃げてしまっても。父上はなにも思わなかっただろうしね」

殿下はそう言うと咳き込み、眉を顰めながら胸のあたりを押さえる。

「平気ですか？」

「ああ、大丈夫だ。いつものことだから」

殿下が口元を手で拭うと……その手にはわずかに血液が付着していた。そろそろ、限界のようだな。

「殿下とお話をしたい気持ちは、やまやまですが。休まれた方がいいですよ」

近づいて、殿下の背中を撫でる。殿下との距離が近くなった、その瞬間。手に紙を握らされた。驚きを呑み込み、私はなに食わぬ顔で殿下の背を擦り続ける。その間に、紙は服の袖へと素早くしまった。

「声にすると、万が一ということがあるから」

殿下は聞こえるか聞こえないかの声音で言うと、悪戯っぽい笑みを浮かべた。しかし、次の瞬間にはまた咳き込んでしまう。

「殿下……！」

「気を遣わせてしまってすまないね。情けないものだ。……私が健康に生まれていれば。誰も苦しませずに済んだかもしれないのにな」

それは心の底から絞り出された……哀切に満ちた言葉だった。

「……貴方の責任ではない。自身の力ではどうしようもないことは、たくさんありますから」

私の今の状況だってそうだ。勝手に妙な立場を押しつけられ、愛する人の側にいることも許されない。

「ふふ、実感がこもっているね。——ッ」

殿下は今度は激しく咳き込み、苦しそうに胸を押さえる。

「誰か、殿下をお部屋まで！」

声を上げると、護衛が駆けてくるのが見えてほっとする。

「……ナイジェル殿」

ふと。エヴラール殿下の顔が耳元へと寄せられた。

「君が空虚な母の夢と滑稽な私の人生を壊してくれることを、切に願っているよ」

そして……願いのような、呪いのような。そんな小さな囁きが、耳に吹き込まれた。

こちらに来た護衛が殿下の手を取り立ち上がらせ、その背を支える。殿下はぐったりと疲れきっており、ようやく立っているという様子だった。

「失礼、従弟殿。また話をしよう」

淡い色合いの金の髪を揺らしながら、悲運の王子は去っていく。その華奢で今すぐにでも命の灯火が消えそうな背中を、私は少し冷たい夜風に頬を嬲られながら見送った。

……この反乱に彼の意図は一切介在していない。

それどころかすべてを『壊される』ことを望んでいる。

不遇の王子の人生に思いを馳せつつ遣る瀬なさを感じながら、用意されている自室に戻ると……。

「ナイジェル様。湯浴みの準備に、参りました」

一人のメイドが、私を出迎えた。どこからどう見てもなんの変哲もないメイドだが……。

「ああ。頼む」

私はその姿を見て少し目を瞠る。

護衛たちに感情の揺れを悟られぬようにしながら返事をし、部屋に入ってゆっくりと扉を閉める。そして寝室の続き部屋にある浴室に、メイドとともに向かった。さすがに寝室や浴室にまでは見張りも来ない。私が逃げる気配を一切見せないので、油断しているのかもしれないな。

「……その格好はなんですか」

浴槽に溜まったお湯の温度を手で確かめるメイドにそう声をかければ、メイド――エンシオはにやりと笑いながら振り向いた。

「なかなか似合うだろう？」

エンシオはそう言いながら、メイド服のスカートの裾をつまみ上げる。たしかに似合っている。そしてどこからどう見ても、女性にしか見えないが……。

「……感想は控えさせてください」

私は頭痛を堪えながら、眉間のあたりを指先で押さえた。

こういう『潜入』もお手の物だから、エンシオは間諜として重宝されているのだろうが。女装をして楽しそうにしている同僚の姿を見ていると、頭が痛くなるな。これだからマッケンジー卿の直属は『一癖ある』などと世間で言われるのだ。

「ナイジェル、状況はどうだ？」

「まぁ、快適に過ごしておりますよ」

訊ねられ、私は肩を竦めながら答える。するとエンシオは不満顔になった。

「そういうことじゃなくてさぁ」

彼は頬を膨らませながら、腰に手を当てて大げさに怒りを表現する。なぜか……とても癇に障るな。あざとさのようなものを感じるからだろうか。

「言いたいことはわかっていますよ。……そうですね」

私は常に見張られている身だ。しかし、その見張りにも隙はある。

深夜になれば窓から抜け出し、調査をして朝になって戻ることくらいは可能だ。見張りたちは皆間抜けなのか……今のところは抜け出したことに気づかれたことはない。

そうやって、数日の間情報を収集した結果……。

「レンダーノ公爵はすでに『西』に軍を集めているようです。私の存在につられた連中に、さらなる援助も乞うのだとか。私をこの屋敷に連れてくる二週間と少しの間に、私の存在を餌に同志を募ったのでしょうね」

耳をちゃんと澄ませば、これくらいの話は入ってくる。あちらが軍を編制する前に叩き潰せるのが、本来なら一番だったのだろうが……。軍の編制の目処が立ち、さらに地盤を固めるために私を攫ったのだと考えれば仕方がないことなのだろうとも言える。

「西だとしたら……最初に狙うのはドオレノ公爵領かな。あそこは西部の要だし、王政派としての長い歴史があるからね。レンダーノ公爵領からも近いし、そのまま王都へ軍を進める拠点にするのに悪くない。ドオレノ公爵領は先日嫡男がなくなったばかりで、内情が少しばかり落ち着いていないしね」

エンシオはそう言いつつ思考を巡らせる。しかし「あっ」という表情になった。

「ああ、でも。メイエ侯爵家のテランス様が養子になって家を継ぐことになるんだったかな。考えてみれば、親戚筋だもんね」

「……は？　テランス・メイエが、ですか？」

私の声は驚きのあまり高くなってしまう。するとエンシオは唇に指を当てて、静かにというジェスチャーをした。

テランスが、将来の公爵家の当主に。ということは……彼は姉様の婚約者候補から外れたのか。エンシオが言っていることなら確実なことなのだろうし、これは思わぬよい知らせだな。

「進軍の準備がすでに整っている上に君が手中にいるとなると……数日中には動くつもりなのかな。ドオレノ公爵に早く知らせないと。そんでドオレノ公爵領から援軍要請が出る可能性がある同盟領にも早馬を送って準備を整えてもらって……。別の場所を奇襲するための軍の準備もしているかもしれないから、そちらの動きも探らないとな。マッケンジー卿にも……」

エンシオは小声でつぶやきながら思考を巡らせる。ちゃらけているが、こいつは仕事はできる男なのだ。

先ほど殿下からもらった紙を袖から取り出し、確認をする。そして、私は目を瞠った。

「……奇襲先に関しては調べるまでもないかもしれません」

紙にはいくつかの領地の名が記載されている。その中には、エンシオが先ほど挙げたドオレノ公爵領の名も含まれていた。

「どういうこと？」

「エヴラール殿下に、先ほどいただきました」

紙を渡すと、エンシオは「ふむ」とつぶやき眉を顰める。

「エヴラール殿下は、信用できる男なの？」

「信用できる方だと私は思っています」

「マッケンジー卿もエヴラール殿下の人格に関しては問題ないと、前々から言ってたしなぁ。うん、わかった。この情報もマッケンジー卿に届けておく」

エンシオはそう言うと、紙を懐にしまった。

「……ところで、エンシオ。貴方はなにを摑んだのです？」

私が囚われている間。ただ一人でふらふらしていたわけではないだろう。訊ねれば、エンシオは少し困ったというようななんとも言えない顔になる。

「んーと。元デュメリ公爵家派閥の動向や、レンダーノ公爵家と協力関係にありそうな家々の情報を調べる……つもりだったんだけど」

「……だった？」

「ウィレミナ嬢が先に調べてて、報告をガザード公爵経由で王宮に上げてたんだよね。推測の部分も多かったし、情報の抜けももちろん多かったけど……本当に大したものだね。今は裏づけを、こちらで進めてる」

「待ってください。姉様が……ですか？」

驚きの情報に、私の目は丸くなった。

「うん、社交の場でいろいろ情報収集をしていたみたいだよ。エルネスタ殿下の暗殺も未然に阻止したんだって」

伝令の騎士と落ち合った際にそんな報告を聞いて、エンシオも驚いたらしい。

「……姉様は一体、なにをやってるんだ」

激しい頭痛がする。姉様はどうして、そんな危険なことを。

私の身はどうなってもいい。だけど姉様には……危ないことなんてしてほしくないのに。

私には姉様以外、大事なものなんてない。それが失われてしまったらと想像すると胃の腑がずんと重くなる。

「無茶をするよねぇ。それでガザード公爵もすっかり参ってるそうだよ。頬がこけてしおしおなんだって」

エンシオはそう言うと、楽しそうに笑った。ガザード公爵が参っている様子なんてものは滅多に見られない……というか姉様関連でしか見られるものではないな。だからなおさら、愉快に思えるのだろう。姉様の行動のせいで、私はそれどころではない気持ちだが。

「姉様は君の行方に関する手がかりを探してたみたいだよ。そうなると、レンダーノ公爵家関係の情報に行き着くのは当然といえば当然だよね。とはいえ公爵家のご令嬢が、無茶をするものだ。愛されてるね、ナイジェル」

——私の、ため。

ダメだ。姉様をあとで叱っておかないと……と理性ではわかっているのに。嬉しすぎて頬が緩むのが止められない。

私のために姉様が必死になってくださっている。その事実は心を喜びで震わせた。

怒って、叱って、危ないことはもうしないと約束させて。それから抱きしめて……『ありがとうございます』と言いたい。

「うわ。すごい顔」

呆れた顔のエンシオに言われ、私は慌てて表情を引き締める。すぐにまた緩みそうになるが、こればかりは仕方ないな。

「ここまで情報が集まれば、じゅうぶんですね。……首魁は私が捕らえましょう。逃げられて、イタチごっこになっても困りますので」

「待って。マッケンジー卿にこの屋敷に増援を送るように頼んでるんだ。数日中にはその隊が屋敷近くの街まで到着する予定だから、動くのはそれまで待って。隊が着いたら知らせに来る」

「わかりました。……と」

部屋に誰かが入ってくる気配がしたので、私は耳をそばだてた。

「――ナイジェル様、ご気分でも悪いのですか？」

恐らく護衛の男だろう。私の『長湯』が気になったのだろう彼は、怪訝そうにそう声をかける。さて、どう答えるかと迷っていると……。

「ふふ、やだ。ナイジェル様ったら。いけない人」

男が浴室の扉に手をかける前に、エンシオが気色の悪い声を出した。鳥肌が体中に立ち、背筋が一気に凍る。

「……お楽しみのところ失礼しました」

男は呆れた声でそう言うと、ため息をひとつついてから去っていく。

気配が廊下の方へと去ったあと……私はじっとりとした目でエンシオを睨みつけた。

「気色の悪い真似をしないでください！　ナイジェル様」

「だけど、追い払えただろう？　ナイジェル様」

「……不名誉がすぎる。屈辱だ」

頭を抱える私を目にして、エンシオは楽しそうにケタケタと笑う。そしてひとしきり笑ったあとに……「じゃ、また来るね。頑張ろうね、殿下」と言って浴室から出ていった。

今宵は、満月だった。

レンダーノ公爵領の領境にある平原。そこに集まった三万の兵たちは、夜闇の中で目を光らせながらレンダーノ公爵家の嫡男であるロメオの演説に耳を傾けていた。

「——戦だ。戦がはじまる。失われた栄誉を取り戻すための、大事な戦だ。王家に滅ぼされたデュメリ公爵家の仇討ちのための。『正統』な王を玉座に就けるための。そんな戦いが……はじまるのだ」

ロメオは皆を見渡し、そんなふうに弁舌を振るう。騎士として優れている彼の体躯は逞しく、まさに威風堂々という様子だ。

その自信に満ちた姿を目にしていると、皆の胸の内には勝利への希望が膨れ上がっていった。

「レンダーノ！　レンダーノ！」

一人の兵が敬礼をしながら叫び、その声は兵士たちに広がっていく。波のように広がるそれを聞きながら、ロメオは満足げに笑う。

……これから向かうドオレノ公爵領で、なにが起きるかも知らずに。

兵は闇の中を、ドオレノ公爵領最大の都市でありドオレノ公爵家の屋敷があるルーベンへと向かった。

ドオレノ公爵領とレンダーノ公爵領は目と鼻の先だ。進軍に気づいた警備兵がドオレノ公爵へと急を知らせているだろうが……今さら遅い。

防備を整える隙など、与えるつもりはない。速攻で進軍し、まずはこの三万の軍でルーベンを落とすのだ。王弟殿下の遺児の存在のおかげで、協力を申し出る貴族たちは日々増えている。この軍勢が王都に上がる頃には、倍の数に……いや、それ以上に膨らんでいるだろう。

そんなふうに意気揚々と進んだロメオの軍だったが……。

ルーベンへの道程にある峡谷にて待ち構えている、ドオレノ公爵の軍勢と遭遇することになったのだった。

「なぜ、いるんだ」

朝日に照らされた、ドオレノ公爵家の家紋が入った旗。それを目にしてロメオは呆然とつぶやく。まだ行程の四分の一も進んでいない。なのに、なぜ。ドオレノ公爵の軍と……『あの男』がここにいるのだ。

「よぉよぉ、とんでもねぇことをよくも企んでくれたな。ここを通ると思ってたぜ。この渓谷はルーベンへの近道だもんな」

ドオレノ公爵の隣に立つのは――マッケンジーだ。彼の巨軀を前にすると、ロメオの筋肉質な長身も小さく見える。感じられる気迫の差……というものもあるのだろうか。

――皆がマッケンジーを目にした瞬間。敗北の足音を感じた。

平民上がりのくせに、その功績を認められて貴族に成り上がった……異端の『英雄』。その姿を目にしただけで軍の戦意がみるみるうちに下がるのを感じ、ロメオは焦りを覚えた。

「落ち着け！　あちらの兵は私たちの半分以下だ。いくらマッケンジーとて、この数に敵うものか」

ロメオが叫び、兵士たちはドオレノ公爵の軍勢に目を向けて納得と安堵をする。しかし……。

「そいつぁ、どうかな。ここは道幅の狭い渓谷だ。俺だって流石に万の兵士の相手は一度にできないが、百ならいくらでもお相手できる。それこそ、お前たちが一人残らず死ぬまでな」

耳に響く声でこう言ったマッケンジーが手にしたのは……巨大な戦斧だった。彼でないと逆に振り回されてしまうだろうその凶悪な武器に、皆は慄く。マッケンジーは一歩前に進み出ると片手で軽々とそれを振り回し……目の前にあった大きな岩へと叩きつけた。岩はまるで紙で作られているかのようにやすやすと壊れて、破片を散らす。

「死にたいやつからかかってこい。俺の首はここにあるぞ！」

マッケンジーの気を吐くような叫び。それに背中を押されるかのように、前列にいた騎兵が槍を前に突き出した体勢で駆け出した。

「お、おい。待てっ……」

兵士たちの勝手な行動にロメオは焦るが、声は兵士たちの叫びにかき消されてしまう。

そして……。

二十ほどの兵士と馬体が、戦斧に薙ぎ払われて一度に吹き飛んだ。返す斧で、さらに十ほどの騎兵が飛ぶ。

ガツン、とロメオの肩になにかが当たる。それは……吹き飛ばされた兵士の『一部』のようだった。

「……これを十回繰り返せば、百分の一以上減るか？　千回振らずに、皆いなくなるか。なんだ、簡単な仕事だ」

血飛沫を顔に浴びながら、悪鬼がこともなげに笑う。

「マッケンジー卿。貴方一人に任せるわけには」

そう言って進み出たのは、ドオレノ公爵とその騎士たちだ。マッケンジーはその皆の様子を見て、にやりと笑った。

「おっし、一緒に楽しくやろうぜ。一人千は殺せなくても、百はいけるだろ」

「……そんなことができるのは、マッケンジー卿くらいですよ」

冷や汗をかきながら、ドオレノ公爵家騎士団の団長らしき男が言う。

「我々はちゃんと、頭を使うのです」

彼がそう言うのと同時に、渓谷の高い崖の上から、ロメオの軍に岩が落ちた。自然の岩ではない。明確な、殺意を持った投石だ。

ロメオの軍は——一気に混乱のるつぼへと落とされた。悲鳴が響き渡り、周囲は阿鼻叫喚という様子になる。その阿鼻叫喚に向けて、崖上の弓兵からの無数の矢も放たれた。

……この作戦は、漏れていたのだ。ロメオは強く歯噛みする。

「俺が頭を使えねぇみたいに言いやがってよ」

投石と矢から逃れて前に出た……いや、出るしかなかった兵士たち。それをことともなげに『処理』しながらマッケンジーは笑う。

「……使えても、使っていないでしょう」

「……違いないな」

呆れたように言う騎士団長ににやりと笑ってから、マッケンジーはさらに一列の兵士をなぎ倒す。

その悪夢のような光景を……ロメオは呆然としながら眺めるしかなかった。

「なぜ、こんなことに」

口から零れる声は震えている。いや、気がつけば体中が激しい震えに満たされていた。

ロメオは自身を優れた騎士だと信じていた。

しかし今の自分は……。数の有利を活かしての反転攻勢に出ることもできず、焦るばかりで乱れた隊列を整えることすらできていない。

——終わりだ。これで、終わりなのだ。

そんな絶望に浸りながら馬上で呆然とするロメオの喉を……。放たれた矢が鋭く射貫いた。

「ナイジェル、来たよ」

やすやすと窓から侵入してそう言い放ったのはエンシオだ。今日の彼は国軍への所属を表す白の騎士服に身を包んでいる。この格好でよく見つからずに来られたものだ。屋敷の警備が手薄なのか、エンシオが上手なだけなのか……。

「そちらの状況は？」

「もうすぐ、マッケンジー卿とレンダーノ公爵令息がぶつかる頃合いなんじゃないかな。マッケンジー卿のご活躍を想像するだけでわくわくするなぁ。お側で見られないのが残念」

　エンシオはそう言って夢見る少女のような表情になる。マッケンジー卿の活躍の先にあるのは、うずたかく積まれた屍の山だ。……それがわかっていて側で見たいというのは、いささか悪趣味のように思えるな。

「病身の殿下を見捨てて逃げられない元王妃はともかく。レンダーノ公爵は異変に気づけばすぐさま逃げるでしょうね」

　椅子に座って足を組みながら思案する。彼が動けないとなると、エヴラール殿下は、逃避行に耐えられるようなご様子には見えなかった。エヴラール殿下に対する彼女の執着は、本物だろうから。ダニエラはここに残ることをきっと選ぶだろう。

「じゃあ、首魁たちの身柄を押さえに行こうか」

　そう言って、エンシオは悪い顔で笑う。そして、こちらに剣を渡した。私の剣は連れてこられる際に取り上げられていたからな。

「そうだ、この屋敷には隠し通路があります。その出口に何人か配備しておいてください」

　久しぶりの剣を身に着けながらエンシオに言えば、彼の目が丸くなる。

「え？　隠し通路？」

「ええ。夜の『散歩』をしている時に見つけたのです」

　そう。深夜にこの屋敷の探索をした際に、大広間の暖炉から繋がる隠し通路を見つけたのだ。レンダーノ公爵は、逃げる際にはあの通路を使うつもりなのかもしれない。

「そちらへの兵の配備が済んだら、屋敷に突入してください」

「了解。ちょっと指示を出してくる」

隠し通路の出口の場所を伝えると彼はまた窓から外に出て、しばらくしてから戻ってくる。そして、誇らしげな顔でこちらに笑顔を向けた。

「隠し通路の出口の場所は伝えたよ。三分後に屋敷に突入せよとの指示もした。俺は君ほど剣術が得意じゃないから……頼みますよ。殿下」

エンシオはそう言うと、短めの刀身の双剣を抜き放つ。剣術は得意ではないとは言うが、エンシオも相当の使い手だ。小柄で持久力がないことだけが唯一の弱点か。その弱点は、私が補えばいい。

「任せてください。このくだらない反乱とやらに決着を付けましょう」

私はそう言い放つと同時に、扉を大きく開いた。すると二人いた見張りがぎょっとした顔でこちらを見る。剣は抜かずに見張りの喉元に手刀での一撃を加え、腹に蹴りを入れる。続けて、まだ呆然としているもう一人の首に腕を回して強く締め上げた。すると男はしばらくじたばたともがいたあとに、全身を弛緩させる。

「いい手際。でも、殺さないんだ？」

部屋から顔を出したエンシオが感心したような口調で言う。

「流れる血は少しでも少ない方がいいでしょう。私が人を殺すと姉様がきっと悲しみますし」

　職務上のことだと理解は必ずしてくださるだろう。だけどそれ以上に、私の心を案じて悲しんでくださるはずだ。姉様は……そういう方なのだ。

「……うへ。姉べったりがまた出たよ」

　エンシオは呆れたように言いながら、猫のような身のこなしで廊下に出た。

「ナイジェル殿下？　そ、そいつは誰だ？　こ、これはどういう……！」

　たまたま見回りに来たのだろう数人の兵士たちが倒れている男たちと、帯剣している私たちを見て声を上げる。

「……ごめんね」

　エンシオは兵士たちの方へと駆け、その一人の喉を容赦なく剣で薙ぎ払った。返す刀でもう一人の喉を斬りつけ、さらに別の男の喉を突く。男たちは訳がわからないという顔のままで喉から血を流し、床に膝をついた。

「なっ……！」

　状況をようやく理解した残りの男たちが、腰から剣を抜き放つ。その時……。外がにわかに騒がしくなった。マッケンジー卿の部下たちが、屋敷に踏み込んできたのだ。

　外の騒ぎに気を取られる男たちの隙をついて、剣を抜き斬りつける。急所は外しているので、運がよければ生き延びることができるだろう。

「さて、行きましょうか」

下調べで把握(はあく)していた元王妃ダニエラが滞在(たいざい)している部屋へ、私とエンシオは急ぎ足で向かう。その道中にも兵たちが立ち塞(ふさ)がったが、屋敷に侵入したマッケンジー卿の部下たちがよい仕事をしてくれているのか、その数は私とエンシオで軽くいなせる程度だった。

この部屋にいなければ、くまなく屋敷を捜(さが)さねばならない。それは面倒(めんどう)だと思いながら扉を開けると……。

「……またお前が邪魔(じゃま)をするの？」

憎々(にくにく)しげな表情をしたダニエラと、穏(おだ)やかな表情のエヴラール殿下がそこにいた。十人ほどの兵たちがダニエラたちを守るように前に立ち、剣や槍(やり)をこちらに向けて威嚇(いかく)する。

「ナイジェル殿下、剣をお収めください。貴方(あなた)は大事なお方だ」

兵士の一人が必死の形相で言う。よくよく見れば、その男は私の見張りについていた兵の一人だった。

「まだ、夢を見ているのですか？　私は貴方たちに従う気など、毛頭ありませんよ。その女を奪(うば)われたくなければ、必死に抵抗(ていこう)してください」

私も剣を彼らに向け、決然と言い放つ。エンシオも双剣を構え、すっかり臨戦態勢だ。この男、マッケンジー卿(きょう)に似てなかなか血の気が多い。

「ならば……お覚悟(かくご)を！」

先に動いたのは……あちらの方だった。

槍兵がこちらに駆け、槍を突き出す。私はそれを避け、手首に向けて剣を振り下ろした。槍を持ったままの手首が、床に落ちようとする。その手首が地面に落ちる前に、私は別の兵士の胸に剣を突き立てた。呻きが聞こえたのでそちらに視線を向けると、エンシオが別の兵士の首を裂いているところだった。

兵たちはみるみるうちに数を減らし、その場に立っているのは私とエンシオ……そしてダニエラとエヴラール殿下だけになる。

屋敷の中の兵たちの制圧は進んでいるようで、廊下の側から兵が駆けつけてくる気配はない。

「大人しく捕縛されてください、ダニエラ様」

「……お前に捕まるなんて、ごめんだわ」

ダニエラはそう言うと少しよろめきながら立ち上がり、すぐ側にある窓へと駆けより、その身を乗り出した。ここは二階だ。うまくいけば、命を断ててしまう。

「待て……！」

そんなことをさせてはならない。公の場できちんと罪を償わせねば。ダニエラは勝ち誇った笑みを浮かべながら、駆け寄る私に侮蔑の視線を向ける。そして、その細い体は宙を舞おうとしたのだが……。

……その腰を、か細い腕が柔らかく抱いて部屋へと引き止めた。

「ダメですよ、母上」

優しく抱きしめるようにして、ダニエラの自害を止めたのはエヴラール殿下だった。殿下は優美な笑みを母へと向ける。

「……エヴラール？」

ダニエラは非難のこもった目で殿下を睨みつけ、体を捩らせた。しかし……。

「裁きの場では、きっと愛しい父上に会えますよ」

そんな残酷な言葉を耳に吹き込まれ、零れ落ちんばかりに目を瞠ったあとにその動きを止めた。

「……ずるい子ね。そんなふうに育てた覚えはないわ」

紅い唇を噛みしめながら、呻くように彼女は言う。その双眸からは涙が零れ落ちた。

こんな時まで、恋心が勝ってしまうのだな。どこまでも一途で、憐れな女だ。

殿下は涙を零しながら床にくずおれる母の体を支え、長椅子へと座らせる。そして、私に凪の日の海のような穏やかな視線を向けた。

「母上はもう逃げないから、安心して」

「……そうですか。ですが念のために、捕縛はさせていただきます」

「承知した。だけどできるだけ痛くないように縛ってやってくれ」

殿下の言葉を受けてエンシオが動き、ダニエラの手足を手早く縛る。ダニエラは抵抗のひとつもせず、ただ涙を流しながら縛られるだけだった。

「……ありがとう、従弟殿。私たちを終わらせてくれて」

母の肩を優しく擦りながら、エヴラール殿下が言う。その口元には心からの安堵の笑みが浮かんでいた。

「まだです。レンダーノ公爵の捕縛などが終わっておりませんしね」

「ふふ、そうだね」

エヴラール殿下はくすくすと楽しそうに笑ってから、ごほごほと咳き込む。ダニエラはハッとした顔になり、殿下に気遣うような視線を向ける。殿下はしばらく咳き込んだあとに、ダニエラに笑顔を向けた。

「エヴラール殿下は縛らなくていいの？」

「ご病弱な人間を縛る鬼畜と呼ばれていいなら、縛ったらどうです？」

エンシオに訊ねられ、私はそう返す。『終わり』を望みこちらに協力までしてくれた彼が、逃げるはずもない。

「じゃ、やめとく」

エンシオはそう言うと、軽く肩を竦めた。

「ナイジェル、エンシオ。ここにいたか。屋敷内の兵士の制圧は完了したぞ」

一人の騎士が部屋にやってきて、朗報を告げる。任務の際に何度か顔を合わせた、顔見知りの騎士だ。彼もここに来ていたんだな。制圧の知らせに、私はほっと胸を撫で下ろす。

「レンダーノ公爵は捕縛できましたか？」

「いや、隠し通路から逃げたようだ。通路の入り口が開いていて、足跡が点々と続いていた。出口に十人ほど配置してるから捕まるだろうが……」

「足跡などはブラフかもしれないので、念のために周囲の捜索もしてみましょう」

急襲から逃げることで精一杯だっただろうし、そんなブラフにまで気が回るかは微妙なところだが。念には念をだ。

そして、数十分後……。

周囲の捜索をしていた私のもとに、隠し通路から逃げようとしていたレンダーノ公爵が捕縛されたとの知らせが入ったのだった。

「くそっ。放せ！」

屋敷に連れ戻されたレンダーノ公爵は、後ろ手に縛られた状態で悪態をついていた。彼は私の姿を目にすると、憎々しげに顔を歪める。

「どうやって兵たちを引き入れた？　どうして、こんなことに」

「私がやすやすと抜け出して情報収集ができる程度に、見張りたちの精度が低かったですからね」

「そうだね。やすやすと俺が侵入できる程度に見張りはだらけてたよね」

「くそっ！　役立たずどもめ……！」

『どうやって』と言われたので答えを与えたのに……。なにが不服だったのか、レンダーノ公爵は喚き散らす。その顎を「うるさい」と言いつつ、エンシオが蹴り上げた。こいつはマッケンジー卿のがさつでよくない部分ばかりを吸収しているような気がするな……。

「我が身は捕縛されたが、マッケンジー卿が向かったよ」

「そっちには、今頃息子がドオレノ公爵領へ……」

「なっ……！」

レンダーノ公爵の口が、顎が落ちそうなくらいにあんぐりと開く。彼は真っ白な顔色になると、額に大量の汗を浮かべた。それは頬へ、顎へと滑り落ちていく。

「くそ、くそ、くそ……！」

汚い言葉を繰り返したあとに……レンダーノ公爵は不気味なくらいに静かになる。しかししばしの間のあとに、低い笑い声が彼の口から零れはじめた。

「なんですか。急に」

公爵の不穏な様子に、私は嫌な予感を覚える。

「いや。陛下は……無事かなと思ってね」

ぽつりと漏らされた不吉な言葉。それを聞いて私とエンシオは顔を見合わせた。

足音を立てずに、王宮の廊下を侍女たちが歩いている。

彼女らが向かっているのは、小食堂だ。本日はそこで、国王と王妃が昼食を摂る予定なのである。

国王は王妃を心から愛しており、出来る限りの時間を一緒に過ごすよう努めている。この昼食もその機会のひとつだった。とはいえ、国王は多忙なのでこれは久しぶりの夫婦の昼食の機会だ。

侍女たちは緊張を孕む手つきで、食卓の準備を整えていった。

食卓が整った頃に国王が優しい手つきで王妃の手を引きながら現れ、各々席に着く。

和やかな雰囲気で食事は進み、二人は会話に花を咲かせる。夫婦の時間は、実に穏やかに過ぎていった。

一人の侍女が静かに動き、自然な動作で空いた杯に水を注ぐ。その杯の持ち主は、国王その人だった。そして、国王が杯を呷ろうとした時――。

「陛下、それを飲んではいけません！」

小食堂に飛び込んできたのは、ガザード公爵令嬢ウィレミナと第二王女エルネスタ。そしてエルネスタの護衛騎士であるリュークだった。皆は息を切らしており、その慌てた様子に王族たちは目を丸くする。

「ガザード公爵令嬢。ずいぶんと騒がしい登場だな」

　国王は不快そうに言いつつも、グラスをテーブルに置く。それを目にしたガザード公爵令嬢の表情には、大きな安堵が浮かんだ。

「申し訳ありません、陛下。……緊急事態でしたので」

「そう、私が許可をしたの。罰するなら私を罰して、お父様」

　頭を垂れるガザード公爵令嬢の肩に触れながら、エルネスタが国王へと言う。王妃カンデラリアも夫を宥めるように、嫋やかな手でその腕に触れた。

「貴女がファンヌね」

　ガザード公爵令嬢が顔を上げ、誰かの名を呼ぶ。その視線の先にいたのは……先ほどグラスに水を注いだ侍女の姿だった。彼女は青白い顔をし、肩を大きく震わせている。

「貴女の事情はわかっているわ。お母様の身柄は無事に保護したから、安心して」

　ガザード公爵令嬢の言葉を聞いて、ファンヌと呼ばれた侍女の目が大きく見開かれた。

時刻は、国王陛下の暗殺未遂劇が起きた日の朝へと巻き戻る。

クラウディアがわたくしに、なにを伝えたかったのか。

それを考えた時にやはり気になったのが、クラウディアの妹ファンヌの存在だった。『この時期』にレンダーノ公爵の伝手を使って王宮に働きに出た侍女。その存在をクラウディアがわたくしに知らせたことに、意味がないわけがない。

レンダーノ公爵の監視下にあるのだろうクラウディアに、直接問いただすわけにはいかない。わたくしが下手なことをすれば、彼女が『処分』されてしまう可能性だってある。

わたくしはファンヌ、そしてクラウディアの周辺のことを人を使って探った。

そして……クラウディアには病身の母がいること。父親は十数年前に他界していること。母の病の治療には多くの金銭が必要で、その治療費を稼ぐためにクラウディアは貴族の愛人業をはじめたこと。三人目の愛人がレンダーノ公爵であること。レンダーノ公爵の支援により病気が完治した母親は、今は公爵が王都に持っている小さな屋敷にいること。その様子が……手厚い保護ではなく『監禁』というふうに見えること。

そんな諸々の事情や状況を、わたくしは知ることになった。

「バルドメロ。絵が見えてきたと思わない？」

授業時間になる前に……と。寮の部屋で調査報告書に目を通していたわたくしは、眉間に皺を寄せつつバルドメロに訊ねる。

「そうですね……不快な絵ですが」

バルドメロも横から資料を覗き込みながら、そんなふうに同意をする。

恐らくだけれど。ファンヌは陛下、もしくはほかの王族に害を為すために王宮に送り込まれている。

「ファンヌが王宮に送られたのは、切り捨てても支障がない平民だからね。王宮の侍女を務めるような女性はふつうは貴族の息女となる。なにかがあった時に、揉め事の種になりかねない」

「お口が軽い方も多いですからね。人選を間違えれば、手柄のためにと王政派にリークされかねない」

バルドメロは案外辛辣なことを言いながら、顎のあたりを指で擦る。女性に対して紳士な彼だけれど、冷徹に観察をする一面もあるようだ。まぁ、わたくしも同意だけれど。

「平民だったら、漏らす場所が極端に減る。王宮で虐めに遭っており、孤立しているファンヌならなおさら漏らすことはない。クラウディアの方は社交での人との繋がりはあるけれど……母親が人質に取られているからファンヌに与えられた役割のことを知っていても下手に動けない」

　母親の病気を治すために愛人業をはじめるような女性なのだ。母を見捨てたり、妹を危機に陥らせたりするような真似はできないだろう。

　だから、あんなふうに回りくどくわたくしに接触してきたのね。

「ファンヌが動くとしたら、いつかしら」

「王宮付きの侍女といっても、陛下との接点はそうそうあるわけではないですからね。王族付きの侍女でなければなおさらだ」

「レンダーノ公爵の推薦とはいえ、いきなり王族付きにするのは無理だったのね。王族付きじゃなくても給仕程度はする機会がありそうだけれど……」

　手元の調査報告書の残りをぱらぱらと捲ると、ファンヌの勤務表らしきものが含まれていた。急いでそれに目を通すと……。

「……今日だわ」

「え？」

「今日の昼食の給仕にファンヌが選ばれてる」

　わたくしとバルドメロは顔を見合わせる。

「急がなくては。わたくし、王宮に行くわ」

「レディが行かなくても、早馬で知らせを飛ばせばいいのでは？」

バルドメロがそう言って首を傾げる。わたくしも今が平時ならばそうしたわ。

「手紙の確認が遅れれば、間に合わないかもしれないわ。早馬を出すのを見られて、手紙が裏切り者の手に渡る可能性だってある。それに……わたくし以外の誰かが現場を押さえたら、ファンヌはその場で斬り捨てられかねない」

できることなら、ファンヌのことを救いたい。それがきっとクラウディアの望みなのだろう。彼女にはエルネスタ殿下の暗殺を示唆してもらった借りがあるのだ。借りたものはきちんとお返ししなくては。

「バルドメロにはクラウディアの母親の保護をお願いしてもいいかしら。ガザード公爵家の名前も出して、少し強引にでもいいわ」

「承知しました。騎士団から人員を借りてすぐに向かいます」

わたくしの無茶に、バルドメロは笑顔で応えてくれる。本当に……彼には迷惑をかけてばかりね。

「さて。わたくしだけでは拝謁が叶わないかもしれないから……。エルネスタ殿下にも一緒に行ってもらいましょう」

寮の殿下の部屋へと急いで向かえば、まだ眠そうな殿下が応対してくれる。

「ふにゃ……。なに？　ウィレミナ嬢」

「大変なことが、起きそうでして」

話を聞くにつれて、殿下の目が開いていく。そして聞き終わる頃には、ぱっちりと開ききって爛々と光っていた。

「行くわよ！　ウィレミナ嬢！」

エルネスタ殿下は勢いよく言うと、寮を飛び出そうとする。殿下はまだ寝間着だったので、さすがに着替えていただいたわ。

こうしてわたくしたちはファンヌの凶行を止めるために王宮へと向かい、それを阻止することができたのである。

暗殺の舞台となった小食堂から応接間へと場所を移動し、わたくしは事の顚末を陛下に語った。この場にいるのは国王陛下と王妃陛下だ。エルネスタ殿下も居たがったのだけれど、王妃殿下に「貴女は騒がしいから、ちょっと部屋の外にいてね」と外に出されてしまった。

……そして、この場にはファンヌもいる。

彼女は冷たい床にへたり込み、細身の体をひたすらに震わせていた。

ファンヌはクラウディアとは年齢が離れており、今年で十三歳なのだそうだ。年齢よりも大人びて見えるので、十八歳という触れ込みで王宮には上がっていたらしい。王宮に侍女として上がることができるのは、十八歳からだものね。

まだ子どもと言える年齢の彼女にこんな過酷なことを課すなんて……レンダーノ公爵は

本当に鬼畜だわ。

「……なるほど。話はわかった」

じろりと陛下に睨めつけられたファンヌは「ひっ」と小さな悲鳴を上げ、勢いよく床に額を擦りつけた。

「お許しください、お許しください！」

震える声でファンヌは許しを乞う。だけどそれは自身の命乞いではなく――。

「私はどうなってもよいので。家族だけは……！　家族には罰を与えないでください！」

家族の救済を求めるものだった。クラウディアたち家族は、仲よく支え合って生きてきたのだろう。だから、互いのために必死になれるのでしょうね。どうにか、助けてあげたいけれど……。

「陛下。彼女の事情を鑑みて寛大なご措置を」

「ならぬ」

わたくしの減刑を乞う言葉を遮り、陛下はぴしゃりと言う。ファンヌはレンダーノ公爵の被害者だけれど、立派な加害者でもある。しかも加害しようとした人物はこの国の王なのだ。減刑が難しいことは、わたくしにだってわかっている。

――この子が陛下のグラスに水を注ぐ前に、どうにか止められたらよかったのに。それができなかったことが、悔やまれて仕方ない。

「……陛下。よろしいですか？」

口を開いたのは、カンデラリア王妃陛下だった。

「なんだ、我が妃よ」

「この子はどうしようもない状況にあった子どもです」

美しい瞳で陛下を見つめ、王妃陛下は悲しげに眉を下げる。憂いに満ちた王妃陛下の美貌に国王陛下はしばしの間見惚れてから、首を横に振った。

「理解はしている。だが子どもでも罪人だ。法に則り裁かねば示しがつくまい」

「……エルネスタが助かったのは、この子の姉のおかげなのでしょう？」

「では。それに免じて、こやつの姉と母への措置は寛大なものにしよう」

「ほ、本当ですか！」

陛下の言葉を聞いたファンヌは勢いよく顔を上げ、ぱっと表情を輝かせる。

「ありがとうございます、陛下。本当にありがとうございます！」

そして、本当に嬉しそうに涙を流しながら何度も礼を繰り返した。そんなファンヌを目にして、陛下は眉間に深い皺を寄せる。

「……陛下」

王妃陛下は国王陛下を、大きな瞳でじっと見つめる。国王陛下は王妃陛下の瞳を見つめ返し、しばしの間沈黙したあとに長いため息を吐き出す。そして……。

「鞭打ちのち、十日間の投獄に処す。鞭打ちの回数は妃に任せる」

と、ファンヌの受ける刑罰の内容を告げたのだった。

これは……驚くほどの温情ね。わたくしは驚き、目を瞠る。

本来ならば。鞭打ちの刑は壮絶な痛みを伴う処罰だ。回数によっては死に至ることだってある。けれどこの少女に深く同情をする王妃陛下に、その回数の裁量を任せたということは……。『零』でもよいと、暗に言っていらっしゃるのだろう。

「ありがとうございます、国王陛下」

わたくしも頭を下げ、陛下にお礼を言う。

「……公正な沙汰を下したまでだ」

陛下は素っ気なく言うと、椅子から立ち上がり部屋を出ていく。そのお姿をわたくしは臣下の礼を取って見送った。

「ふふ」

扉が閉まるのを見届けてから、王妃陛下が笑い声を漏らす。そして、悪戯っぽい視線をこちらに向けた。

「ねぇ、ウィレミナ嬢。貴女から話を聞くだけなら、私はこの場にいらなかったと思わない？」

「言われてみれば……そうでございますね」

それは、王妃陛下の言う通りだ。陛下とわたくしだけでも、話をすることはできたはず。

「こういう事態を見越して、あの人は私を連れてきたのよ。わかりにくいけれど、陛下はとても優しい人なの。わかりやすい優しさを求める人には……彼はひどく冷淡に見えるかもしれないけれど」

王妃陛下はそう言うと、寂しそうに笑う。

「それはそれとして。頑固でワガママで優柔不断でもあるのだけど」

「ふふ。同意をすると不敬になってしまいますわね」

「あら、同意していいのよ。昔のことで拗ねて、貴女たちにご迷惑もかけているようだし。ごめんなさいね」

王妃陛下はそう言うと、美しい形の眉を下げた。

「国王陛下は……王弟殿下のことを、その。かなり信頼していらしたのでしょうか」

「そうね、自分の右腕になるものだと信じて疑っていなかったわ。共に国を支えるのだとね。だからあの裏切りには……あの方も深く傷ついたの」

王妃陛下やエルネスタ殿下のお話を聞いていると、国王陛下も人間なのだとしみじみと思う。不敬だから、そんなことは誰にも言えないけれど。

ファンヌのことは王妃陛下に任せ、わたくしはエルネスタ殿下とともに王宮から学園へと戻った。帰りの馬車の中で「お父様とはどんなお話をしたの？」と興味津々な殿下に詰め寄られ、わたくしは洗いざらい白状した。それを聞いた殿下は「ふふん。及第点ね」とどこ目線かわからないことを言っていらしたわね。

その日の午後。

反乱の首謀者をナイジェルが捕らえたという、驚きの知らせが王宮へと届いた。そして、さらに数日後。反乱軍を鎮圧したという喜ばしい知らせが、マッケンジー卿からも届いたのだった。

寮の部屋で、わたくしは久しぶりに落ち着いた気持ちでのんびりとしていた。本日は休日である。久しぶりに社交に出ない、本当の意味での休日。

反乱は未然に防がれ、首謀者も捕らえられた。エルネスタ殿下と国王陛下の暗殺も阻止することができた。

そして……囚われた先で首謀者の捕縛という大立ち回りをしたナイジェルが、こちらへと戻ってくる。

ナイジェルが反乱の中心だった……という反王派が流した噂は、反乱が鎮圧されたあとにお父様と陛下が強く否定をしたことですぐに収束した。同時に反乱の首謀者たちを捕らえたのは、ナイジェルであることも公示されたのだ。

世間はレンダーノ公爵失脚のことと、ナイジェルの話題で持ち切りだ。新進気鋭の騎士であり、王弟殿下のご子息と目されているナイジェルの活躍だものね。世間が騒がしくなって当然だ。

そして、マッケンジー卿はナイジェル以上に話題になっている。その内容は彼が反乱軍と相対し『千人以上の兵を打倒した』というものすごいものだ。千人なんて、さすがに大げさな話よね……？　マッケンジー卿なら本当にやれてしまいそうな気がするのも、恐ろしいところだ。

それらはとても嬉しい出来事だ。嬉しいことなのよ。どこからどう見ても、大団円だ。だけど、わたくしには……ひとつ引っかかることがあった。

「ねぇ。バルドメロ」

「なんですか？　レディ」

慣れた手つきで紅茶を淹れていたバルドメロが、首を傾げながらわたくしの呼びかけに答える。

「……もしかして、なのだけれど。ナイジェルはわざと捕まったのではないかしら」

わたくしは眉間に皺を寄せながら、『引っかかり』のことを口にした。

「それは……正直、思っておりました。あれが素直に捕まった時点で、違和感はありましたね」

すると、バルドメロも少し困ったお顔で同意を示す。

「やっぱりそうよね！」

不意をつかれて捕まったとしてもだ。彼の実力であれば隙を見て逃げることも可能だっただろう。それを、彼がしなかったということは……。

「ナイジェルは、首謀者に近づくためにわざと捕まった……？」

「……その可能性は、とても高いですね」

「…………」

……なによ、なによ。わたくしこんなに心配をしたのに。心配をして、ナイジェルを捜すためにわたくしなりに頑張ったのに。

「レディ、お顔が怖いですよ」

「当たり前よ。わたくし、怒っているもの」

「レディは怒ったお顔も素敵なので、問題はまったくありませんが」

「バルドメロ。変な気遣いはしなくていいの」

「失礼、レディ」

バルドメロは苦笑しながら言うと、わたくしの前に紅茶を置く。もやもやとした気持ちを抱えながら、わたくしはバルドメロが淹れてくれた紅茶を口にした。

ナイジェルが帰ってきたら、絶対に問い詰めてやるんだから！

そして二週間後。ナイジェルが帰還をし、わたくしの護衛に復帰することとなった。同時にバルドメロが私の護衛の任から外れることとなり、少しだけ寂しい気持ちになったものだ。別れ際に連日社交に付き合わせてしまったお詫びの贈り物をしたら、彼はとても喜んでくれた。贈ったものの内容はお菓子やアクセサリーといった彼の妹たちが喜びそうなものと、バルドメロ自身の普段遣いにできそうなハンカチなどの小物だ。いつか、バルドメロの妹たちにも会ってみたいわね。

そして……バルドメロが去った翌日。けたたましい音を立てて、部屋の扉が開いた。その凄まじい音に、わたくしは目を丸くしてしまう。

「姉様！」

続けてわたくしを呼ぶ声が響いた。わたくしを『姉様』と呼ぶ人なんて、彼一人しかいないわね。

「……ナイジェル」

声の方を見れば、そこには息を切らしたナイジェルが立っていた。久しぶりに目にした彼がとても元気そうで、わたくしはほっと胸を撫で下ろす。怪我などはしていないようだし、やつれてもいない。

「姉様、会いたかったです！」

ナイジェルは満面の笑みを浮かべながらわたくしに駆け寄り、そのまま抱きしめようとする。その動きをわたくしは手で制して、上目遣いで彼を睨めつけた。すると、ナイジェルはきょとんとしたお顔になった。

「ナイジェル、わたくしになにか言うことはない？」

訊ねれば、ナイジェルは不思議がる表情で首を傾げる。まったく、わかってないというお顔ね。

「……ただいま、ですか？」

「それもだけれど！　そうじゃなくて、お前はわたくしに大きな隠し事をしているのではなくて？」

そう言いながら、ナイジェルの高いお鼻の先をつんつんと指先でつつく。

「あ……」

彼はようやくわたくしの言わんとすることが理解できたようで、気まずげなお顔になる。けれどその表情は、みるみるうちに不機嫌を感じさせるものへと変わった。彼がこんな顔をわたくしに向けるなんて、めずらしいわね。

「姉様こそ。私に言うことがありますよね？」

「わたくしが……お前に？」

心当たりがまったくない。……というよりも、ナイジェルが危ないことをしていたのではということで頭がいっぱいすぎてなかなか思い至ることができない。

首を傾げていると彼の綺麗な指がおとがいに触れて上を向かされる。そのまま、ずいとお顔を近づけられた。ナイジェルの美貌が、視界いっぱいに広がる。こ、これはすごい圧だわ。久しぶりに間近で見るナイジェルの美貌は……なんだかとても刺激が強い。心臓がどくどくと大きな音を立て、わたくしの頬は熱くなっていく。

「社交の場でいろいろ嗅ぎ回っていたとお聞きしました。心配になるので……危ないことは謹んでほしいのですが」

冷や水を浴びせるようなことを言われ、わたくしの頬の熱は一気に引いていった。……わたくしがいろいろ嗅ぎ回っていたことは、ナイジェルの耳にも入っていたのね。

だけどそれは、ナイジェルが心配だから起こした行動で。そもそもの原因はこの子じゃないの！

「お前が心配だから、やったことなのよ」

「……そうだとしても、自重してほしかったです」

「わたくしが動いたことによって好転した事態もあるの」

「それは結果論です。なにも摑めず、ただ危険に晒された可能性もありました」

ちくちくと責めるように言ってから、彼は剣呑な目でわたくしを見つめる。たしかにわたくしは、危険なことをしたかもしれないけれど。それはお互い様じゃないの！

「お前こそ、わざと攫われたのでしょう！　お前が攫われなければ、わたくしだって危ないことはしなかったわ！」

「う……」

勢い込んで言えば、ナイジェルは言葉に詰まる。青い目がうろたえたように泳ぎ、顔が逸らされようとする。逃すまいと、わたくしは彼の頰を両手でしっかりと包んだ。

「……どうして、わざと攫われたりしたのよ」

「その。陛下との交渉に使える手柄がほしかったので……」

なるほど。それでわざと攫われる形で首魁のところに潜入したのね。理由はわかったけれど……。

「馬鹿！　わたくしお前のことが心配だったのよ！　とってもとっても、心配だったの！」

ついつい語気が強いものになってしまう。だけどそれだけ心配で……不安だったのだ。

目頭が熱くなり、頭の奥の方にじんとした仄かな痛みが走る。気がつけばわたくしの瞳は涙で濡れていて、瞬きをすると雫が頰を転がり落ちていった。

「……申し訳ありません、姉様」

わたくしの涙を目にしたナイジェルの眉が思い切り下がる。

ナイジェルの頰を包む手を外して、両手を広げ抱きしめてほしいと身振りで訴える。するとすぐに、強い力で抱きしめられた。

温かい。ナイジェルの匂いがする。ずっと捜していたナイジェルが……ここにいる。逞しい胸板に頬を擦り寄せると、頭をそっと撫でられた。その手の優しさになぜだか涙腺が刺激されて、わたくしはまた涙を零した。

「なにも言わずに、いなくならないで。本当に不安だったのだから」

「……姉様」

「お前がいないのは、嫌。嫌なの。ずっとわたくしの側にいなさい」

子どものように駄々をこねて泣きじゃくるわたくしの頭を、ナイジェルは撫で続けてくれる。

「ずっと……一緒ですから」

ナイジェルは囁くように言うと、わたくしのつむじにそっと口づけをした。

「本当に？　また黙ってどこかに行ったら、わたくし許さないわよ！」

硬い胸板をぽかりと八つ当たりのように叩くけれど、びくともしない。この子ったら、本当に丈夫になったわね！　悔しくて何度も胸を叩いていると、その手を大きな手でそっと握られた。

「ウィレミナ。口づけをしても？」

唐突な名前呼びと要求に、わたくしは飛び上がりそうになる。

「ど、どうして急にそうなるのよ！」

勢いよく顔を上げてしまってから、たくさん泣いたせいで自身の顔がみっともないことになっているだろうことに思い至る。恥ずかしくてふたたび顔を伏せようとしたけれど、ナイジェルの綺麗な青の瞳から目を逸らせない。

「だって貴女が、私が喜ぶことばかりを言うから。口づけをしたくなりました」

ナイジェルはうっとりとした表情で笑うと、わたくしの頰に手を添える。

「でも。わたくしたち、婚約がまだで──んんっ！」

言葉を遮るように性急な動作で唇を合わせられ、わたくしは目を瞠る。

──止めないと。そして、まだこんなことをしてはダメだと怒らないと。

そう思うのに、愛しい人からの口づけを拒めない。ナイジェルは何度も何度も唇を触れ合わせたあとに、呼吸を奪うような長い口づけをする。そして、ようやく唇を離してくれた。

「……ナイジェル？」

精一杯怖い声を出しつつ睨みつけても、ナイジェルの表情は嬉しそうに蕩けたままだ。

そんな彼の表情につられて、わたくしも思わず笑ってしまう。だけどこれではいけないと、慌てて表情を引き締めた。

「申し訳ありません。貴女が愛おしくて。口づけをせずにはいられませんでした」

ナイジェルは悪びれもせずに言うと、額にも口づけを落とす。本当に……そんな言い方はずるいわ。

「そんなことを言われたら……叱れないじゃない」

わたくしだって、ナイジェルのことが愛おしくて仕方ないのだから。当然、口づけだって嬉しい。ええ、嬉しいの。

「だけど、次にこういうことをするのは婚約後に――」

そうだ……『婚約』。今、わたくしたちの手の中には国王陛下との交渉のカードがあるのだ。

「ねぇ、ナイジェル」

「なんですか、姉様」

「わたくしたち二人とも、結構なお手柄を立てたと思わない？」

情報を集め、暗殺を阻止し、首謀者を捕らえ……。反乱を未然に防ぐため、わたくしたちはそれなりの働きをしたと思う。ナイジェルの方と違って、わたくしは結果論という部分が大きいのだけれど。なににしても、結果はとても大事よね。

「姉様。私もそのことを考えていたところでした」

悪役のように企み顔で見つめ合い……わたくしたちは口角を上げた。

「陛下にご褒美をねだってもいいと思うの」

「そうですね、そうしましょう。公爵に謁見の場を用意していただかないとな」

「陛下はどんなお顔をするかしら」

くすくすと笑っていると、ナイジェルのお顔が近づいてくる。彼がなにをしようとしているのか察して、わたくしは自身の頬を指先でつついた。するとナイジェルは少し不満そうにしながらも、いい子に頬に口づけをした。

そうだ、ナイジェルに言わなければならないことがあったのだわ。とってもとっても大事なこと。

「ナイジェル。バルドメロにちゃんとお礼を言っておきなさいね。彼には、今回の件でたくさんお世話になったんだから」

「む……」

ナイジェルはとても不服だというお顔になる。この子ったら、どうしてそんなお顔をするのかしら。

「どうしてそんなお顔をするの？」

「……姉様と連夜連れ立って社交に出る僥倖を得ていた男に、礼など言いたくありません」

頬を少し膨らませながら、義弟は拗ねたように言う。そんなお顔も可愛い……いやいや。礼節を欠くのはとてもよくないわ。

「……ナイジェル。子どもみたいなことを言わないの」

急遽の護衛までは、職務の範疇ということでいいにしても。その後ナイジェルが行方不明になったり、わたくしに社交に付き合わされたり。彼には相当のご迷惑をかけてしまったのよね。お礼は絶対に必要だ。

「う……。今度、食事を奢って礼を言います」

渋々という様子だけれど、ナイジェルはバルドメロへのお礼を約束してくれる。

「ですが！」

ナイジェルはわたくしの手を取り、真剣なお顔をしながら両手でぎゅっと強く握った。

「婚約が成立したら。私とも……たくさん社交に出てください」

彼の様子はあまりにも必死だ。そんなにわたくしと社交に出たいなんて、おかしな子。

「ふふ。わたくしでいいのなら」

「姉様がいいんです。姉様じゃないとダメです。姉様以外、必要ありません」

あまりにも情熱的にナイジェルが言うものだから、照れくさくてむず痒い気持ちになる。

この子はどうして……こんなにもまっすぐなのだろう。

「……わたくしも、お前がいいわ」

頰を赤らめながら小さな声で言えば、尻尾を振って主人に飛びつく犬のような勢いのナイジェルに強く抱きしめられた。

そして、一週間後。わたくしたちは、ふたたび国王陛下への拝謁が叶うこととなった。前と同じように謁見の間に通され目にした陛下のお姿は、見るからにお疲れのご様子だった。その隣には同じく疲れきった様子のお父様がいる。今日はさすがに、マッケンジー卿はいないわね。お三方とも、反乱の事後処理でいろいろと大変なのだろう。

「……ナイジェル、ウィレミナ嬢。今日はなにをしにきたのだ？」

陛下はわたくしとナイジェルが礼をしてすぐに、にべもない口調で話を切り出した。

「なにを、なんて。わかっていらっしゃるでしょうに」

ナイジェルが苛立ちながら一歩を踏み出す。そんなナイジェルに、陛下は静かな視線を向けた。

陛下はどちらかというと、表情の振り幅が大きな方ではないように思える。これはナイジェルと似ているわね。内側の感情は驚くくらいに豊かなのだけれど、それがなぜだか表には出づらい。王弟殿下は表情豊かな方だったと、社交で殿下のことを知っている方々と話した時にお聞きした。ナイジェルは嫌がるだろうけれど、彼の表情が変わりにくいところはこの伯父に似ているのだろう。

「非常に遺憾ではあるが。今回のお前たちの働きには、感謝している。余のできる限りの礼を尽くすことを約束しよう」

陛下は眉間に皺を寄せ小さく息を吐いてから、そんなふうに言った。礼を尽くす。それって……もしかして。

「私たちの婚約を、認めてくださると？」

ナイジェルが興奮した様子で訊ねれば、陛下は眉間の皺をさらに深める。

「……救われた恩を返さぬほど、恩知らずではない。エルネスタからも……『恩知らずにはなるな』と釘を刺されたしな」

「姉様……！」

大きなため息とともに陛下が言うのと同時に、ナイジェルの体がわたくしに勢いよくぶつかってきた。そして、ぎゅうぎゅうと強く抱きしめられる。嬉しい気持ちは同じだけれど、陛下の御前で不敬だしとても痛いわ！

「ナイジェル、痛いわ。力を緩めて！　というか御前で抱きつかないで！」

「申し訳ありません、姉様。だけど……嬉しくて」

温かい雫が上から落ちてくる。それはわたくしの額や頬を優しく濡らした。顔をあげると、長いまつげに囲まれた青の瞳からはとめどなく涙が零れている。その泣き顔を見ていると、甘やかな愛おしさが胸に湧いた。泣いている義弟の顔はいつもより幼く見えて、それは少しだけ幼い頃の彼を想起させる。

「泣かないの」

慰めの言葉をかけながら涙を指先で拭えば、ナイジェルは綺麗な形の唇を少しだけ震わせながら笑った。

「貴方を……愛しているわ」

愛の言葉を囁けば、また強く抱きしめられる。その頼りになる体の感触を感じながら、わたくしは笑みを零した。

「……うう、私のウィレミナが」

お父様の悲しげな声が耳に届く。……懸案は片づいたわけだし、あとでお父様にたくさん甘えよう。わたくしも、久しぶりにお父様に甘えたいもの。

こうして、いつまでもナイジェルと抱き合っていたいけれど……。

「ナイジェル。ほかにもやるべきことがあるでしょう？」

周囲には聞こえない声量で囁けば、ナイジェルはハッとした表情になる。彼はわたくしから身を離し自身の目元を服の袖口で拭うと、陛下へと向き直った。

「陛下。ほかにもお願いがあります」

そして、真剣な表情で跪きながら言葉を紡いだ。わたくしもその隣に跪く。そう。わたくしたちには、婚約の件のほかにも陛下に願いがあるのだ。こちらも聞き届けていただけるといいのだけれど……。

「ほう、お前たちは存外に欲深いのだな。言ってみるがいい」

「──エヴラール殿下に、陛下のお慈悲を」

ナイジェルが顔を上げ、緊張を孕む表情で願いを告げる。すると陛下の目がすっと細まった。

「なぜ逆賊への慈悲を乞う？」

「エヴラール殿下は巻き込まれ、利用されていただけです。彼が賢く善良な方であることは、陛下もご存じかと思います。殿下には残りの人生を、せめて穏やかに過ごしていただきたいのです」

ナイジェルは囚われている時に、エヴラール殿下と言葉を交わしたそうだ。そして……彼の善性と悲しみをひしひしと感じた。その時から。ナイジェルは殿下が悲惨な最期を迎えるのは忍びないと思い悩んでおり、今回の嘆願に至ったのである。

陛下は苦いものを口いっぱいに含んだかのような、渋い顔をする。政略結婚で結ばれた愛していない妻。その妻が産んだ実の息子。エヴラール殿下に対して、陛下はどんな感情を抱いてきたのだろう。

「たしかに憐れな息子だ。……が。罪がまったくないとは言えまい。あれは辺境に追放する」

「……陛下」

ナイジェルから不服の声が上がる。病身の身のエヴラール殿下へのその沙汰は、公衆の面前での処刑と違い尊厳は奪われないだけの死刑宣告と等しいものだ。

「陛下。それは、あまりにも――」

わたくしもナイジェルに続いて、非礼だとわかっていながらも声を上げてしまう。

陛下はわたくしとナイジェルを交互に見やってから……口角の片側を少し上げた。

「小さな屋敷と、生活に不自由しない程度の金子。そして使用人は与える。見張りも一応はつけるがな。姉を連れていきたければ、好きにさせる」

その言葉に、わたくしたちは目を丸くする。

「元より、そのつもりだった。あれにはずっと、余たちのせいで苦労をかけてきた。もっと……上手く立ち回るべきだった」

陛下は元王妃を愛せなかった。けれど……ダニエラの子たちには情があったのだろう。苦悩と罪悪感の滲むそのご様子からは、それが感じられる。

「寛大な取り計らい、ありがとうございます」

「……お前のためではない」

ナイジェルが安堵の息とともに礼を述べると、陛下はつんと顔を逸らした。

「それでも、ありがとうございます」

ナイジェルが重ねて言うと、陛下はちらりと彼に視線を向ける。

「恩を感じたのなら、国のためにも尽くせ。義姉のためだけではなくな」

そして、ぶっきらぼうな口調でそんなことを言った。

「検討させていただきます。伯父上」

「……検討か。生意気だな」

ナイジェルがふっと笑うと、陛下も少し笑う。もしかして……これは二人の雪解けだったりするのかしら。

こうして。レンダーノ公爵家の国家転覆の企みは潰え、わたくしとナイジェルの婚約も無事認められることとなった。エヴラール殿下にも寛大な措置が下り、すべてが丸く収まった……のよね。

「ウィレミナ！」

謁見の間から出ると、背後から必死さを感じさせる声をかけられる。振り返ると、予想の通りに息を切らしたお父様がいらっしゃった。

「……お父様！」

微笑みながら駆け寄れば、ぎゅうと強く抱きしめられる。

「ああ、ウィレミナ！　抱きしめていいのかな？」

「ふふ、もう抱きしめているじゃないですか。ナイジェルとの婚約を陛下に認めていただけましたし、抱きしめても結構ですよ？」

「ウィレミナ……！」

お父様は感極まった声を上げながら、私に頰ずりを繰り返す。わたくしもお父様の背に手を伸ばし、ぎゅうと抱きしめ返して久しぶりのお父様の愛情を堪能した。

それから一時間ほど放してもらえなかったのは、ご愛嬌ね。

王宮を背にして馬車へと向かう途中。庭園に美しい花々が咲き誇っているのが目に留まり、わたくしは思わず足を止めてしまった。

「少しだけ、庭園を見ていきますか？」

ナイジェルが微笑みながら訊ねてくるけれど、王宮で手前勝手なことはできないわ。

「臣下が勝手に見て回るわけにはいかないから」

「私が王族だという噂は、もう国中に広まりきっております。庭を歩いていても、きっと咎められることはないですよ」

ナイジェルはきっぱりと言い切る。

……そうなのかもしれないけれど。本当にいいのかしら。

迷うわたくしの手をしっかりと握って、ナイジェルは庭園へと引っ張っていく。この子は本当に……時々強引ね。ナイジェルの言う通りに制止する声は上がらず、わたくしたちは庭園を悠々と歩くことができた。

「綺麗ですね、姉様」

わたくしを見つめながら、ナイジェルは微笑みつつ言う。ナイジェルの青の瞳には、花ではなくわたくしの姿しか映っていない。

「お前、花をちゃんと見ているの？」

「いいえ、姉様しか見ておりません。姉様が綺麗だと、そう思いました」

「……もう」

そんな気はしていたけれど。本当に困った子だわ。

そして……本当に愛おしい人だと思う。

「大好きです、姉様」

「わたくしもよ。ひゃっ！」

急に頬に口づけられ、わたくしは素っ頓狂な声を上げてしまう。そんなわたくしに、ナイジェルは悪戯っぽいお顔を向けた。

「もう！　こんなところで……」

「では、帰ってからたくさんします」

「――ッ！」

「愛する貴女に触れたくて……仕方がないのです」

ナイジェルは立ち止まり、手を握っていない方の手でわたくしの頬を撫でる。その手つきの優しさに照れくさい気持ちになり、頬が熱くなる。

「……本当に、困った子ね」

釣った魚には餌をあげない男性は、世に多いらしい。

だけどこの義弟の場合は……。釣り上げた魚にどんどん餌をやって、太らせてしまいそうだ。

「ナイジェル。ほどほどにしてね？」

「嫌です。今までたくさん我慢をしましたから」

ナイジェルはきっぱりと言うと、悪戯っぽい笑みを口元に浮かべた。

「……もう」

未来のことを想像すると、怖いような、楽しみのような。そんな気持ちになる。


──大切なわたくしの義弟。そして、大事な家族。

──わたくしを守ってくれる、頼りになる騎士。

──これからは一生を共に歩む良人となる愛しい人。


ナイジェルと一緒に……わたくしはこれからの人生を歩んでいくのだ。

頼りになる感触のナイジェルの手を握り返しながら、わたくしはそんなことをしみじみと思った。

ここまで世間に広まってしまってはどうしようもない。そんな結論に落ち着いたことによりナイジェルの素性は正式に公示され、同時にわたくしとの婚約も発表された。

当然のことながら、わたくしはこれまで彼の正体には一切気づいていなかったことになっている。なのでご令嬢たちに話を振られるたびに「わたくしも、本当に驚いていて。まさか義弟が王族だったなんて」とオウムのように繰り返しているこの頃だ。

婚約者候補の方々への今までのお礼とお詫びの行脚も終わり、わたくしはようやく肩の荷が下りた心地になっていた。

ナイジェルとの婚約は、当然令嬢たちにやっかまれたけれど……。

現在ナイジェル以上に人気が集中している殿方がいるせいか、思ったほどの攻撃は受けなくて内心ほっとしたわ。

——その殿方とは、テランス様である。

デュメリ公爵家、レンダーノ公爵家。三大公爵家の中の二家が取り潰しとなり、さすがにこのままにするわけにはいかず陛下は新しい三大公爵家のまずは一家を決定した。それが、テランス様が将来跡を継ぐ予定のドオレノ公爵家だったのだ。

メイエ侯爵家のご令息……という時点で高かった彼の評価はさらに高まり、令嬢たちに追いかけ回される日々を過ごしていらっしゃる。この蝶の群れの中に彼の運命の相手がいることを、心から願っているわ。

ナイジェルのこれからの身の置きどころはというと。成人のあかつきにはとある領地と公爵位を賜ることになっている。それはもともとはナイジェルのお父様の持ち物で、現在は国領となっている土地なのだそうだ。

とはいえナイジェルはガザード公爵家に婿入りをしてわたくしを支える気満々なので、そちらの領地のことはどう扱うかは悩みどころだ。

あと数年後のことだから、この件に関してはお父様と相談しながら悩みましょう……という結論に今のところはなっている。

そして先日。元王妃ダニエラとレンダーノ公爵、そして幾人かの反王派貴族が……断頭台の露と消えた。

裁判の場で陛下のことを目にしたダニエラは、愛しいものを見る少女のような可憐な顔つきになったのだという。しかしそんな表情も一瞬のことで、その後の彼女は粛々と自身の罪を受け入れたそうだ。陛下はそんなダニエラに……複雑な表情を向けていたのだという。

彼女は……陛下に恋焦がれていた。それだけだったのだろう。ダニエラのやったことの数々は、決して許されないことだ。だけどその動機を考えると、少しばかり切なくなってしまう。

エヴラール殿下(でんか)は予定の通りに辺境へと追放され、第一王女殿下と一緒に暮らすそうだ。お二人の人生に、もう波乱がないことを願っているわ。

クラウディアとファンヌ、そしてその母は……。王都で穏(おだ)やかに過ごしている。反逆者であるレンダーノ公爵(こうしゃく)の愛人だったクラウディアはたくさんの人々に後ろ指を指されたけれど、そんな世間の非難なんてなんのその。別の貴族の愛人になったというお手紙をくれた。とても……逞(たくま)しい人だわ。彼女には個人的なお茶会に誘(さそ)われており、エルネスタ殿下と連れ立って参加をすることになっている。それが少しばかり楽しみだ。

「姉様！　いえ、ウィレミナ……迎(むか)えに来ました」

声をかけられ、わたくしは振(ふ)り返る。するとそこには満面の笑みを浮かべたナイジェルがいた。授業も終わり、今は放課後。わたくしは教室でナイジェルの迎えを待っていたのだ。

「ナイジェル殿下、お迎えありがとうございます。恐縮(きょうしゅく)ですわ」

そう言って笑いかければ、ナイジェルは渋(しぶ)いお顔になる。

「……ウィレミナ。からかわないでください」

そしてそのお顔のままで、わたくしの荷物を受け取った。

「ふふ、そうね。ナイジェル、お迎えありがとう」

「姉さ……ウィレミナ。今日は行きたいところがありまして。一緒に行っていただけないでしょうか？」

『ウィレミナ』呼びに慣れないナイジェルは、わたくしを『姉様』と呼びそうになってばかりだ。この子に『姉様』と呼ばれることにすっかり慣れてしまっていたから……わたくしもいまだ慣れないわね。これからどんどん、『姉様』と呼ばれなくなるのだと思うと少し寂しいわ。

「どこに行きたいの？」

「先日買い損ねた、揃いのブローチを買いに」

「まぁ、それは素敵な提案ね」

断る理由なんてなかったので、わたくしは笑顔で頷いた。

ナイジェルはふわりと美しい笑みを浮かべ、紳士な態度でわたくしの手を引く。わたくしは少し夢見心地で……ナイジェルに手を引かれながら歩いた。

……幸せね。これからのわたくしは、もっともっと幸せになるに違いないわ。

ナイジェルと一緒なのだから、絶対にそうなるはず。

「ナイジェル」

「なんですか、ウィレミナ」

「幸せになりましょうね」

そう言って笑いかければナイジェルは少し驚いた顔になり、次の瞬間には泣きそうな笑い顔になった。

「もちろんです。一緒に……幸せになりましょう」

輝く表情で『一緒に』をことさら強調しながら言うナイジェルが、愛おしくて堪らない。

そんな彼を目にしていると、少しばかり悪戯を仕掛けたい気持ちになった。

「ナイジェル。少しだけ屈んで？」

「屈む……？」

不思議そうに言いながら屈むナイジェルの頬に、素早く口づけをしてなに食わぬ顔をする。するとわたくしの『婚約者』は、美しい目を瞠って驚き顔になった。人気のない場所だしこれくらいいいわよね。

「ね、姉……いや、ウィレミナ。今のは——」

「ふふ、行きましょう」

慌てた声を上げるナイジェルの手を、今度はわたくしが引く。

そして……希望に満ちた未来へ向けて足を踏み出した。

番外編

婚約者同士の『名前』の話

寮の部屋で紅茶を飲んでいると、寮周辺の見回りに出ていたナイジェルが部屋へと戻ってきた。王族と知れた彼が騎士としての職務に就くことに、難色を示す者たちは多い。けれど、当の本人はどこ吹く風だ。

正直なところ……。ナイジェルは素性が公表されたあとは、わたくしの護衛を辞めるんじゃないかと思っていたのよね。公爵家の令嬢を王族が守るなんて、本末転倒もいいところだもの。

だけど今のところ、そんな話は出ていない。そのことに、わたくしは正直ほっとしている。

ナイジェルが騎士でなくなれば……一緒にいられる時間が減ってしまう。心が通じ合ったばかりなのに、それは少し寂しいもの。

ナイジェル相手にそんなことを考えるようになるなんて、思ってもみなかったわね。

「……ウィレミナ」

まだどこかぎこちない様子で、ナイジェルがわたくしの名前を呼ぶ。

「なに？　ナイジェル」

呼びかけに答えて微笑みながら見つめると、ナイジェルの白い頬が淡い赤に染まった。

「姉様を『ウィレミナ』と呼ぶことには、まだ少し慣れないですね」

彼はそう言いながら、口元を綺麗な手で押さえる。その照れている様子が可愛らしく思えて、わたくしの頬は少し緩んだ。

「では、姉様に戻す？」

「それは嫌です！」

訊ねれば、ナイジェルは即座にそう答える。そのどこか必死な様子に、わたくしは少し笑ってしまった。

「じゃあ、慣れないとダメね」

「たくさん、呼んで慣れていきます」

「ふふ、ではそうして」

「では、さっそく。……ウィレミナ」

ナイジェルはわたくしの名前を呼びながら隣に腰を下ろすと、そっと手を握ってくる。

ちらりと彼に視線をやれば、端整な美貌が真摯な表情を湛えてこちらを見つめていた。急に近づいた距離に、わたくしの心臓はどきりと跳ねる。

ナイジェルがわたくしを名前で呼ぶことに戸惑うように……彼との『婚約者』としての

接触には、わたくしだって慣れていない。ナイジェルからの接触は日に日に増えており、わたくしはドキドキさせられっぱなしだ。

繋がれた手はいつの間にやら指を絡められており、手を持ち上げられて甲に口づけまでされてしまう。この接触は、婚約者同士にしても過剰すぎる。叱らなければと思ったけれど、目にしたナイジェルの表情がうっとりとした実に満足そうなものだったから……わたくしはなにも言えなくなってしまった。

「……ナイジェル」

「なんですか、ウィレミナ」

「わたくしも、お前の呼び方を変えた方がいいのかしら」

熱くなる頬を意識しながら自然と速くなる口調で言えば、ナイジェルがくすりと笑う。

「変えなくてもいいと思いますが。変えるとしたら、どんなふうに？」

「じゃあ……ナイジェル殿下？」

彼の身分に応じた、適切な呼び名はこれだろう。呼んでいて違和感もないわね。しかしそれを聞いたナイジェルは、苦い顔になる。

「却下です。我が身が王族であること自体、私にとっては不本意なことなので」

王族であることは、本来ならば素晴らしいことだと思う。けれど自身が王族であることでさまざまな不都合を被ったナイジェルには、その立場は不本意でしかないようだ。

「では、ナイジェル様？」

「ぐっとはきますが……しっくりはこないですね」

ナイジェルはそう言いつつ、眉間に皺を寄せて微妙な表情をする。それにしても、ぐっとくるってなにかしら。

「それに……」

「それに？」

「少し距離ができたようで、嫌です」

ナイジェルは拗ねたように言うと、眉尻を少し下げた。

「ふふ、そう。では今のまま、ナイジェルにしましょう」

「はい、そうしましょう」

微笑むわたくしにナイジェルが笑いかけ、顔を近づけてくる。

これはもしかして、口づけ……!?

そんなことを思いながら目を閉じると、頬に柔らかな感触が落ちてきた。唇ではなく、頬なのね。いえ、それを残念がっているわけではないのだけれど。

「も、もう！　突然なにをするのかしら！　いくら婚約者だからって……婚前なのだから過剰な接触はダメよ」

「ウィレミナが可愛らしいので、つい」

　さすがにこれはと思って注意をしたけれど、悪びれもせずにそんなことを言われて、わたくしはそれ以上なにも言えなくなってしまった。

「そんなことを言うのは、お前くらいよ」

　恥ずかしくて片手で頬を押さえていると、今度は額に口づけをされる。も、もう！

「……ナイジェル！」

「……お嫌でしたか？」

　意を決してじろりと睨めば、悲しそうなお顔をされる。そのお顔をすれば、わたくしがなにもかも許すと思っているのでしょう！　だけど、今回は。今回は……。

「嫌………じゃないわ」

　今回も、まんまとわたくしは負けてしまった。幼い頃から、ナイジェルの悲しそうなお顔に勝てた例しがないのよね。

「それはよかった」

　ナイジェルは嬉しそうに言うと、鼻歌でも歌い出しそうなご機嫌な様子でわたくしの手をしっかりと握り直した。少しの間、柔らかな沈黙がその場に落ちる。ナイジェルといる時の沈黙は、ちっとも苦痛じゃない。それどころか心地いい。

　しばらく沈黙に身を預けたあとに、わたくしは口を開いた。

「お前、という呼び方も改めないといけないわね。婚約者に対して、不適切だと思うもの」

　ナイジェルを『義弟』として扱っていた頃はよかったのでしょうけれど、『婚約者』となったからにはそれらしい呼び方をしなくては。

「ウィレミナの『お前』には愛情がたっぷりこもっているので、私は好きですよ」

　ナイジェルはそう言うと、口元を少し緩める。そんなことを思っていたのね。

「だけど、できれば『貴方』と呼ぶようにしたいの」

「その呼び方もいいですね」

　頬を赤らめながら、ナイジェルは口角をゆるりと上げる。なんだか嬉しそうね。

「貴方が気に入ってくれたのなら、よかったわ」

　まだ慣れない『貴方』を口にすると、ナイジェルは顔をさらに赤くして噛みしめるように言う。

「……本当に、いい」

「ふふ、おかしな人ね」

　わたくしの言葉ひとつで、こんなにもころころと表情が変わる。ナイジェルは本当に、奇特な男性ね。

「おかしくなんてないです。やっと男として見てもらえているのだと思うと……本当に、嬉しくてたまらない」

「……ナイジェル」

「貴女のお心がほしくて、たまらなかった」

ナイジェルは情熱的な言葉を囁くと、わたくしを抱きしめた。腕の力は強く、顔が胸に押しつけられて息がしづらい。だけど彼の気持ちが文字どおりに痛いくらいに伝わってくるから、その腕を振り解くことができなかった。

「子どもの頃から、ずっと貴女を愛しています。これからもずっと、愛します。誰にも渡しません」

元義弟である婚約者の口から出る言葉は、驚くほどに熱量がある。

「ふふ、貴方って本当に重たいわね」

「重たいのは、お嫌いでしょうか？」

「嫌いじゃないわ。……その重たさが、とても嬉しい」

ナイジェルがここまでの情熱を持っていてくれたからこそ、今の結末があるのだろう。そのことに、わたくしは感謝をしないといけないわね。わたくし一人では、きっと自分の殻を破って踏み出す勇気を持てなかった。

「では、もっと重たくなります」

くすくすと楽しそうに笑いながら、わたくしの婚約者が言う。

「まぁ、それは少し怖いわね」

そう言いつつ顔を上げれば、美しい青の瞳と視線が絡み合った。

「私の人生は貴女のためだけのものなのです。少々重たいのは、我慢してください。私のウィレミナ」

ナイジェルは甘えるように言ってから、そっと唇を寄せてくる。

──まだ婚前なのだからダメ。

なんて言葉を発するよりも先に、ナイジェルの唇はわたくしの唇へとたどり着いてしまう。

仕方がないわねなんて思いながら、わたくしは目を閉じて婚約者様の唇の柔らかさを感じた。

あとがき

『わたくしのことが大嫌いな義弟が護衛騎士になりました』、三巻をお読みくださり、誠にありがとうございます。作者の夕日と申します。

本当に幸いなことに、皆様への三度目のご挨拶をすることができました！

これも一巻、二巻をお読みくださった読者様のおかげです。本当に感謝しております。

ウィレミナとナイジェルの二人のことを、こんなにたくさん書くことができて感無量です。


今回ウィレミナとナイジェルには、国王陛下という大きな壁と、元王妃陛下という宿敵が立ちはだかることになりました。

その難敵を退け二人が婚約者としての未来を掴むお話を書けて本当によかったなと、ほっとひと息ついております。

今までは姿を現していなかった第一王子エヴラールの存在も出すことができて、それも嬉しかったです。彼にはこれからは、ひたすらに穏やかな人生を送っていただきたいなと思っております。

エンシオやバルドメロなどの新キャラたちも、かなり楽しく書かせていただきました！　騎士学校時代のナイジェルには案外友達がいたんだよ！　ということを、三巻で書くことができて本当によかったです。機会があれば騎士学校時代のナイジェルのお話なども書けたりできればいいのですが……。

ウィレミナも今回の件を介してエルネスタとさらに交流を深めたり、クラウディアとも仲よくなったりしたらいいなと妄想しております。その身分ゆえに警戒することが多く、お友達を作ることが難しいウィレミナにはお友達が少ないので……。お友達が多くなったらなったで、ナイジェルは妬くことになるかと思いますが。

今回も素敵なイラストを描いてくださった眠介先生や、迷ってばかりの私を導いてくださった担当編集様などのたくさんの方々のお世話になりました。本当に感謝しきりです！

義弟騎士は小説だけでなく、汰田羅おい先生の美麗な作画での素敵なコミカライズも連載していただいております。そちらも機会があればお読みいただけますと大変嬉しいです！

この巻のラストから、二人は新たな関係へと一歩踏み出しました。

『婚約者』となり垣根(かきね)が取り払(はら)われたナイジェルに、ウィレミナはきっとたじたじになるのだろうなと、想像しただけでにこにこしてしまいます。

『義姉(ぎし)』と『義弟(ぎてい)』ではなくなった二人の日々を書ける機会があればいいなと、心より願っております。

それでは。ご愛読に感謝しつつ、失礼いたします。

夕日

「わたくしのことが大嫌いな義弟が護衛騎士になりました3 実は溺愛されていたって本当なの!?」の感想をお寄せください。
おたよりのあて先
〒102-8177 東京都千代田区富士見2-13-3
株式会社KADOKAWA 角川ビーンズ文庫編集部気付
「夕日」先生・「眠介」先生
また、編集部へのご意見ご希望は、同じ住所で「ビーンズ文庫編集部」までお寄せください。

わたくしのことが大嫌いな義弟が護衛騎士になりました3

実は溺愛されていたって本当なの!?

夕日

角川ビーンズ文庫 24064

令和6年3月1日 初版発行

発行者―――山下直久
発 行―――株式会社KADOKAWA
〒102-8177 東京都千代田区富士見2-13-3
電話 0570-002-301(ナビダイヤル)
印刷所―――株式会社暁印刷
製本所―――本間製本株式会社
装幀者―――micro fish

ISBN978-4-04-114577-7C0193 定価はカバーに表示してあります。 ◇◇◇